光文社文庫

文庫書下ろし

ぶたぶた日記《ダイアリー》

矢崎存《あり》美《み》

光 文 社

この作品は光文社文庫のために書下ろされました。

目次

第一回『突然の申し出』

近所で気ままな一人暮らしを楽しんでいる私の義母は、とても元気がいい。

私の妻――つまり娘がまだ小さな頃に夫を亡くしたが、女手一つで立派に育て上げ、一年前までとある会社の経理を一手に引き受けていたのだ。定年退職したあとは、もっぱら旅行三昧《ざんまい》。大変な読書家でもあるし、私の二人の娘とマンガやゲームの貸し借りもしている。「映画は大スクリーンで見なきゃ」と出かけていくし、私や妻よりも最近のハリウッド事情にくわしい。

そんな義母の次なるチャレンジ。それが「エッセイ」だ。長いこと日記はつけていたようだが、それでは物足りなくなったらしい。

「自分史とまでいかないけど、人が読んで面白いと思える、〝作品〟ってものが書きたいの。パソコンをちゃんと教えてもらって、メールマガジンでも配信しようかしら」

そう言って、はりきって『日記エッセイを書こう』という講座に申し込んだのだが
……ここで思わぬ事態が起こった。義母の妹が事故で入院をしてしまったのだ。幸い怪《け》

我《が》の程度は大したことはなかったのだが、実は義母の妹には介護すべき姑《しゅうとめ》がいた。

義理人情に厚い義母は、その介護を買って出た。自分の妹によくしてくれた姑は、童子のようになってしまっているらしいが、普段の介護はヘルパーさんに手伝ってもらえる。一番大変なのは、子供のようにおしゃべりを楽しみたい姑の相手をすることなのだそうだ。もちろん、義母の妹の娘たちも介護を申し出たが、皆それぞれに家庭があり、小さな子供を抱えている。余暇のたくさんある自分が引き受けるのが一番自然だろう、と義母は素早く決断をしたのだ。

それが実は、ついこの間のことで……義母は旅立つ前日に、うちへ電話をしてきた。

「お願いだから、二人のうちどっちか私の代わりにエッセイ教室へ行って。キャンセルするの忘れたの」

もちろん、私たちの都合がつかなければ払い込んだ講習料はあきらめるつもりだったらしいが、決して安くない金額だ。もったいないと思う気持ちもわかる。

「夕方からなの。ごめんね。昼間の方がよかったかしら」

小さな子供がいるので、夫婦どちらかは家にいないとならない。うちは二人とも時間の融通はつきやすいので、相談の結果、私が行くことになった。二週間にいっぺんのことだし、何とかなりそうだ。

ところが、さっそく課題なるものがあるらしい。心の準備もないまま、初めて「エッセイ」を書くこととなった。本を読むことはもちろん、物を書くことに多少なりとも興味はあったが、ちゃんと書いたことは今までなかったかもしれない。でも、こうやって書き始めるとなかなか面白い。うまく書けているかは、また別のことだけれども。

受講者名はまだ「向山登喜子《さきやまときこ》」になっているとは思うが、事情をわかっていただきたく、拙《つたな》い言い訳を書かせていただいた。もしかしたら混乱させてしまうかもしれない。もしそうなったら……どうもすみません。


達者だ。

僕は一読して、まずそう思った。

義理の母親からの突然の申し出と、筆者の家族や義母との関係性をさりげなく盛り込み、講師である僕に口ではなく課題で過不足なく状況説明するアイデア——見事にエッセイとして成立している。手書きではなく、パソコンかワープロで打たれた文字の構成もきちんとしている。一字下げ、改行、文章一つ一つの長さ、会話文、段落の使い方、少し短めだが、規定の枚数（四百字詰め原稿用紙五枚）以内だし——実に達者である。

「今読み上げたこの作品は、どなたのですか？」

僕は老若男女五人ほど座っている狭い教室を見回しながらそう声をかけた。

『日記エッセイを書こう——講師・磯貝《いそがい》ひさみつ』

教室の表には、そんな看板が立っている。第一回からいきなり課題提出とは偉そうだが、慣習としてそういうもので、さらに課題は出しても出さなくてもいい。というか、そうらしい。何しろ僕も初めてなので、まだよくわかっていなかったりするのだが。

五人の受講者全員が課題を出してきた。その中で、一番達者だったのがこの作品であり、もう少しくわしく状況を訊《き》いてみたいという興味も湧く。

ところが、誰の手も挙がらない。

「あれ？」

課題は講義当日までに受付に提出してもらい、そのコピーを皆で合評する、という形式にしようと思っているので、いきなり欠席、というのもないわけではなさそうだが——せっかく申し込んでおいて欠席裁判みたいになることを自《みずか》ら望む人もいなさそうな気が……。

しかし、さっき受付では、

「欠席の方はいらっしゃいません。六人全員参加されます」

と言われたと思うのだが。

え……六人？

「はい」

後ろの方から声が上がった。僕は、声のした方に目を向ける。

「それはわたしが書きました」

分別のありそうな落ち着いた男性の声だった。なるほど、内容的にも合っている。しかし、その方向に男性はいない。

あるのは、長机の上の桜色のぶたのぬいぐるみだけだ。いつからそこにあったのだろう。誰が持ってきたのか。大きさはバレーボールくらい、黒ビーズの点目、そっくり返った右耳、突き出た鼻。手足の先と耳の内側には、濃いピンクのベルベットが張ってある――が、けっこうくたびれたぬいぐるみだった。ちょっと生地の毛羽立ちが目立つ。

しかし、そのぬいぐるみが片手を挙げているというのはどうだろう。そして、何かを主張しているような顔をしている、とわかるのはなぜ？

お座りをしていたぬいぐるみが「失礼」と言って机の上に立った。

「向山登喜子の代理で参りました、山崎《やまざき》ぶたぶたと申します」

もくもくと動く鼻の先から、あの渋い声が聞こえてきた。

そして、ぺこりと頭を下げる。というか、身体を折り曲げた。

人にはそれぞれ事情というものがある。

しかしこりゃ、ありすぎだ。ぬいぐるみの義母って何⁉　向山さんって普通の人⁉　妻って⁉　子供って⁉


……もう少し考えてから講師を引き受ければよかっただろうか。いやいや、こんな珍しい体験、チャンスとでも言うべきだろうか。

僕の頭は思い切り混乱していたが、そうか、それで「どうもすみません」って謝ってたのか——完璧だ。あの姿あってのオチ。それってエッセイとして意味があるのか、と問われると答える自信ないけど。

そもそもこの講座自体、偶然に回ってきたようなものなのだ。友人の友人（女性）がこのカルチャースクールに勤め始め、「四月から新しいエッセイの講座を開きたいんだけど、誰か知らない？」という上司からの問いかけに僕のことを思い出し、それで連絡が来たのだ。彼女が勤めていなければ僕が選ばれるはずはない。だって、有名じゃないし。小説家としてデビューして数年。マニアにはまあまあ知られた名前だが、一般的に浸透しているとは言い難い。エッセイも書くには書くが、何しろまだ三十代半ばだ。しかも年齢相応に見られたことがないし、そう人生の機微に触れるものが書けるわけでなし。風体《ふうてい》は怪しい遊び人のようだし、漢字もよく知らないし……いろいろ上げればキリがない。

だが、友人の友人のコネだけで選ばれたわけでもないらしい。この『日記エッセイを書こう』という講座は、日常のありふれた出来事から瑞々《みずみず》しい言葉を生み出す、という文学的な香りを秘めたエッセイを書くための講座ではないのだ。

「ポイントは『日記』というところなんです」

講座の担当者（これは友人の友人ではない。僕と同年代の男性）がそう切り出してきた。

「夕方からの講座ですし、サラリーマンの方やＯＬさんも来られます。どちらかといえば、比較的若い方に向けての講座です。でも、年代限らず、最近はインターネットなどで日記を公開したいという方が増えてきましたからね。日記と言っても、ただ書くだけではつまらないという方に向けて、エッセイの要素を加味した、人に見せることを前提にした日記の書き方を指導していただきたいんです」

なるほど。それなら若輩者の自分が選ばれたのもわかる。ただ書くだけでなく、多少インターネットやパソコンのことをわかっていなくては具体的な説明はできない。僕は自分のサイトで長いこと日記と掲示板の運営をやっているし、パソコン誌でエッセイの連載をしていたこともある。そこら辺が、本当に選ばれた理由なのかもしれない。

担当者としては、「次はネットで公開したい」と思い始め、パソコン講座にも来てもらおう、という色気があるらしいが、そこまで行かなくともただ書くだけだって充分だと思う。「不特定多数の人に読まれる」――つまり頭の片隅に〝読者〟を意識するとしないとでは、文章も変わるものなのだ。

とにかく、初めての講座なので、ひな形がない。エッセイ講座の本とか同業者に話を聞いて、全六回のカリキュラムを組んでみた。月に二回、火曜日、午後六時から八時まで、三ヶ月ほどだ。基本は課題――エッセイ、あるいは日記的エッセイ、あるいはエッセイ的日記――ま、とにかく何か作品を出してもらっての合評会で、文章の構成やネタの見つけ方などの基礎の講義はその都度行う。サイト日記についての一般的な知識や、インターネットでの公開についての注意点などは別に時間をとってやるつもりだ。ごくごく簡単なものになるとは思うけれども。

「延長される方もいらっしゃいます。けっこうみなさんそうですよ」

と他のエッセイ講座の担当者が言っていた。どうしよう。三ヶ月後に誰も延長してくれなかったら。

そんなことを夢にまで見て挑んだ最初の講義でこんなことが起こるなんてっ！　こんな悪夢、想像だにしていなかった。小説家失格だ。危機管理がなってない。人間としてだめかもしれない……！

いやそれにしても……何とかかわいい悪夢であろうか。

「あのう、すみません」

渋い声にはっとなる。目の前に、黒い点目が。

う。声が出ない。それより、どうやってここ――僕がいる長机の上まで来たのだろう。

ああっ、見逃した！　何てもったいないことを……。

「は、はい。向山さんの代わりですね」

黒い点目をまっすぐ見つめながら、極力、動揺や落胆を見せまいと努力をしてみる。

「はい。ややこしくてすみません」

ぬいぐるみはそう言うと後ろを向いて、他の受講者に向かって頭を下げた。目を丸くしている人、口をあんぐり開けている人、ショックのため無表情になっている人、机に突っ伏している人——はもしかしていきなり寝ているのか？　……何だか気の毒に思えるのは間違っているだろうか？

とにかくその寝ている人をのぞいて、みんなはっと気がついたように頭を下げたのが妙におかしかった。

「講義の中断をしてしまって申し訳ありません。続けてください」

「は、はい。そうですよね、えーと……」

何となく言いつくろっている間に、ぬいぐるみは自分の席に戻っていった。ぴょん、と長机から飛び降り、とととと……と走って、椅子によじ登って。みんながみんな、その姿を目で追う。

生き物なの？

いや、とにかく講義を……講義を続けなくては。えーと、何をするんだっけか……あっ！　……あのぬいぐるみのエッセイを講評しなくてはならなかった……どうしよう……。よりにもよって、どうしてぬいぐるみの作品をいの一番に選んでしまったのだろうか。

「えー……わ、わたしはこの作品、とてもわかりやすくて、よかったと思うんですが、みなさんはいかがですか？」

いきなり逃げる自分が情けない。

しかしそんな雰囲気を察したのか、誰の手も挙がらないし、みんな無言のままだ。三ヶ月後の悪夢が再び浮かぶ。ひー。

と思ったら手が挙がった。ぬいぐるみの。今度はよーくわかった。

「は、はい……山崎……さん？」

山崎さんは、机の上の片手で身体を支えているように見えた。ということは、足が宙ぶらりん？　うわ、後ろから見てみたい。

「日記エッセイということですけれども、このような形のものでよろしかったですか？」

「あ、ええ、けっこうですよ」

咳払《せき》いなんぞをしてみる。講義だ、講義。ちゃんとやらねば。

「えー……最初の課題ですから。テーマは『人に見せる日記風のエッセイ』ですけど、オーソドックスなエッセイであってもまったくかまいません。基本は、日常の出来事をいかに楽しく人に読んでもらうか、ということです」

他の人の作品も、半分はこういういわゆるエッセイという感じで、半分はただの日記だった。レベルも様々だが、だいたい言いたいことはわかる。正直言って、何が書いてあるのかよくわからないものがあったらどうしようかと思っていた。これは最初に担当者に脅されていたことだ。

「けど、別にプロを目指すことが目的ではないので、とにかく先生も楽しく教えてください」

とも。そうは言っても原稿用紙の使い方から教えないといけないのかな、とか思っていたのだ。

でも、もし本当にネットに日記を公開しようと思うのならば、もっとわかりやすい文章とか、不特定多数の人に見せる配慮などを教える必要は大いにありそうだ。ネットだと、日常生活とはかけ離れたところから波紋を招く場合もあるから。

だんだん落ち着いてきた。そう。ただのぬいぐるみじゃないか。ぬいぐるみがエッセイ習いに来たって――やっぱりおかしいし、しかも人間より文章がうまいってどういうことなんだろうか……。ここにいる人間の受講者は、もしかしてショックを受けてる？

僕は最大のポカをやらかしたのか？

けど、これがぬいぐるみの文章だなんて誰も教えてくれなかった。いや、ぬいぐるみだからって差別をしてはいけない。……じゃなくて、教えてもらっていても信じなかったろうなあ、と思い直し、やっぱり自分が思いっきり動転していることを思い知る。

そうだ。

「で、では、もう一つ、提出していただいた作品を読み上げましょう」

こちらは日記風のものだった。あたりさわりのないことが書いてあるが、その時々に挿入される突っ込みみたいなものが面白い。文体もちょっと変わっている。けっこう書き慣れている人と見た。多分、女性だろう。違いをわかってもらうための対比だ。おお、うまく切り抜けた……のか？

「これを書いた方は、どなたですか？」

おそるおそる手が挙がった。僕よりも年上らしき女性だ。文章の突っ込み加減とその上品だが平凡な外見に、思わぬギャップがあった。

講義には、ぬいぐるみ――山崎さんを抜かすと五人ほどが出席している。定員は二十人なのだが、他にもエッセイの講座はあるし、夕方の時間帯だとこのくらいの人数でもおかしくないらしい。カルチャースクールの方で新規講座の紹介文に「インターネットで日記エッセイを公開してみませんか」みたいなことを書いたから、それで避けてしまう人もいるだろうし。

男性は二人。僕より少し年上らしきサラリーマンぽい人と、定年退職後に通ってます、という雰囲気の紳士。女性は、手を挙げている人と会社帰りのOLらしき人、そしてもう一人――いまだ寝ている十代にしか見えない女の子。起こしたい。できれば、山崎さんに起こしてもらいたい。

「書き慣れてる感じですね」

「はあ……何年かお教室に通ってます」

控えめな声で彼女は言う。やはり作品とは違う感じがする。文章で本音を出すタイプだろうか。……それを言うなら、山崎さんなんか何書いてもそうだが。そうだ、義母って何⁉　僕にもまだいないのにっ。だいたい独身なのに。

どうしても気になって、ちらちらと見てしまうのであった。よく見たら、ちゃんとクッションと黄色いリュックを積んで椅子の高さを調節しているではないか。机の上には広げたメモ帳。何やら書き込んでいるようだが、まだそんな大した講義はしていない。

「あのう」

今、作品を読み上げた女性が、突然手を挙げた。山崎さんを見ていた僕は、不必要に焦《あせ》ってしまう。

「は、はい、何ですか？」

「初めての講座ですし……お互いに自己紹介なんてしたらどうでしょうか」

「自己紹介」と言う時に、彼女もやはりちらりと山崎さんの方を見る。な、なるほど。自分のことは一応挨拶《あいさつ》しなければ、と思い、とりあえずホワイトボードに緊張しまくった字で名前を書いたり、略歴なんか言ってみたりしたのだが……その手があったか。というか、当然のことのようにも思うけど。思ったよりも自分はずっと緊張しているらしい。

「……そうですよね。これくらいの人数なら、お互いをある程度知っていた方が合評する際にも言いやすいですもんね」

異論は出なかった。むろん、山崎さんからも。みんな期待をしているのだ。

「じゃあ、あの……言いだしっぺのわたしから……」

五十歳くらいだろうか。落ち着いた、いかにも奥さまという感じでその女性は立ち上がった。僕よりもずっとこういう場に慣れているような気がする。

「えー、名前は松浦《まつうら》潤子《じゅんこ》と申します。主婦です。エッセイは読むのも書くのも大好きで、いくつかお教室にも通ったんですが、今までにない講座でしたので、ここを選びました。みなさん、よろしくお願いします」

ぺこりと頭を下げると、居眠りの子以外の人はいっせいに頭を下げた。

「えっと、じゃあ……順番にこう時計回りで行きましょうか」

そうすると、山崎さんは最後になる。その前があの女の子だ。我ながら親切だなあ。

僕の提案に、次に立ち上がったのは、僕の両親くらいの年代の男性だった。ロマンスグレーの紳士。管理職が似合いそうな人だ。

「児玉《こだま》修《おさむ》と申します。定年後の趣味として物を書いております。小説にも興味があるのですが、なかなか難しくて……。まずはエッセイで基礎を学びたいと思っております。

よろしくお願いいたします」

　次は、サラリーマン風の男性だ。

「えー……日比谷《ひびや》正明《まさあき》です。会社帰りに、できるだけ通おうと思っております。よろしくお願いします」

　ずいぶんとぶっきらぼうだが、出された課題の文章からは、けっこう真面目そうな人柄が読み取れる。

　次はパンツスーツ姿の若い女性だった。

「江本《えもと》佳乃《よしの》です。私も会社帰りに通ってます。エッセイは大好きなのですが……こういうカルチャースクールの講座は初めてなので……緊張しています。どうかよろしくお願いいたします」

　そう言って、ちらりと山崎さんを見る。何となくがっかりする。普通頼るのは講師ではないだろうか。

　それはさておき。

「あの、君、起きなさい」

　僕は熟睡している女の子の肩を揺すった。彼女はいやいやをするように首を振り、起きる気配がない。

「自己紹介してるんで……君もぜひ参加してください」

「あのう、わたし、先でもいいですけど」

親切にも山崎さんが声をあげるが、そんなとんでもない！　ちゃんと起こして、彼の自己紹介を聞かせるためにこの順番にしたのに。他の人も、それを期待しているように見えるのに。とにかく一人だけ驚いていないない人がもったいないという雰囲気が今、充ち満ちているではないかっ。

しかし、彼女は起きない。本当に寝ているのか、狸寝入りなのか、さっぱりわからないけれども。

仕方がないので山崎さんに先にやってもらうことになる。ちょっとがっかり。

「先ほど先生に作品を読んでいただいたので、だいたいの事情はおわかりいただいたと思います。山崎ぶたぶたと申します。ぶたぶたと呼んでくださってけっこうです。よろしくお願いします」

今までずっと寝ていた女の子が、ふと顔をあげた。寝起きの顔だ。本気で眠っていたらしい。その眠りを妨げたのはなんだろう。やはり山崎さん――いや、ぶたぶたさんの声のせいなのか、それとも「ぶたぶた」という名前のインパクトか？

彼女は、この上なく無防備な顔をきょろきょろさせ、僕の顔に目を止めた。

「自己紹介、してるから。君、最後だよ。どうぞ」

優しくそう言ってみると、急に顔が不機嫌そうになり、がたんと乱暴に立ち上がった。が、

「篠塚千奈美《しのづかちなみ》です。よろしく」

一応自己紹介をして、誰に向けてだかわからないまま頭をぺこんと下げ、そのままどすんと座り直した。

ほらほら、あそこ、あそこだよ、と指さして示したい衝動に駆られたが、結局彼女はまた机に突っ伏してしまった。

講義はそのまま、千奈美嬢とぶたぶたさんの容貌に触れられないまま、進んだ。結局、作品を出していなかったのは、彼女だけだったから、講義にはあんまり支障はなかったのだ。

あっという間の二時間だった。こんなもんでいいのかなあ、と不安に思いながら、時間が来ると、やっぱり起きてたんじゃないかと思うくらい素早く千奈美嬢が教室から出

ていってしまった。ぶたぶたさんも見ずに。

僕の引き留めたい衝動よりも、彼女の足の方がずっと早かった。さすが若い。次来るんだろうか。あの調子だともうやめるんじゃないかなあ。何のために来たんだろう。せっかくだから、ぶたぶたさんだけでも見ていけばよかったのに。いい経験になっただろうに。

そんなことを考えている間に、教室には誰もいなくなってしまった。その時になって初めて、講義はちゃんとできたのだろうか。こういう感じでよかったのか何なのか——そういう当たり前の不安が湧き上がってきた。とともに、何やら普通の感覚ではどう判断していいやらわからない時間を過ごしたせいなのか、いやに空虚な疲労も感じてくる。

ようやく立ち上がり、よたよたしながら受付に戻ると、ぶたぶたさんがカウンターで書類を書いていた。

「あっ」

思わず声が出てしまう。しっぽだ！　ちゃんとしっぽがある。しかも、先がおみくじみたいに結んである！

「あ、先ほどはどうも」

ぶたぶたさんがこちらに気づき、またぺこりと身体を折り曲げる。鼻がお腹につくくらい。

「今、手続きをしているところなんです。義理の母から電話もらったのが、実は昨日の夜だったものですから」

「え、じゃあ、あのエッセイって……」

「ええ、今日の昼間、書いてきました。間に合わせみたいですみません」

充分推敲《すいこう》もしていないだろうに……けっこう才能あるかも、このぬいぐるみ。

事務室の奥から目を丸くしたままの女性が現れた。僕の姿を見て、さらにびっくりしている。なぜ？

「あのう……」

どうして僕に話しかけるの？

「あ、書類これでいいですか？」

ぶたぶたさんの声にはっとなり、彼女は僕と彼を見比べる。なるほど。ぬいぐるみはやっぱりぬいぐるみではなく、僕みたいな人間だった、さっきのは錯覚だったのね、と思いたかったらしい。

「は、はい。けっこうです、ありがとうございますぅ……」

語尾に元気がない。事務員さんは、書類を持って奥に行ってしまった。

「じゃあ、お疲れさまです。次回もよろしくお願いします」

ぶたぶたさんはそう言うと、黄色いリュックをぶんと勢いよく背負い直した。飛んでいくかと思ったが、そのままぴょんと床に飛び降り、出口へ急ぐ。

「あ、ちょっと待ってくださいっ」

つい呼び止めてしまう。ぶたぶたさんは足を止めて振り向く。その自然な仕草が……まるでよくできたCGを見ているようだった。自分が映画の中にまぎれこんだみたい。

「すみません、少しお時間ありますか？」

つい敬語を使ってしまうのだが、どうも何だか年上みたいな気がしてならないのだ。

「はい。大丈夫ですけど」

「今日の講義について、お話を聞かせてもらいたいんです……」

こういう講義のあとってどうしたものだかわからず、何となく解散してしまったのだが……本当は人数も少ないし、親睦のためにお茶でも飲めばよかったか。でも、時間も時間だし。飲みに行ってもいいのだが、いきなりというのはちょっと……。

　ということで、受講者の率直な意見というものを知りたくても知り得ない状況なのだ。せっかく残った人……がいるのなら、訊かねば損ではないか。

「いいですよ」

　ぶたぶたさんは、にっこり笑ってうなずいた——ように見えた。そうとしか思えなかった。

「で、では、一階の喫茶店にでも——」

　と誘ったはいいが、そこはもうラストオーダー時間が過ぎていた。少し歩いても、近所で開いている喫茶店など、どこにもなかった。明るい灯《あか》りを漏らしているのは、飲み屋ばかり。

「先生」

　いきなりぶたぶたさんにそう呼ばれて、何だろうか、ファンタジーの世界へ迷い込んだ気分になった。いや——この場合、立場が逆の方が面白い。逆だとほら……ヨーダとルークみたいだし——とか思っていると、

「先生は食事されます？」

そんな質問をされて、現実に引き戻される。一瞬、何の質問をされたのかと思った。

――そりゃ食べるさ。ぬいぐるみの君が食べられなくても、僕は人間だからね。食べないと生きていけないのさ！

と舞台で大仰《おおぎょう》に言いたくなるようなセリフを考えてからはっとなる。いや、別にそういうことじゃなくて……単に夕飯はどうするかってことか。

「いえ、今はいいです」

正直言って、ちょっと食欲がなかった。落ち着けば腹も減るだろうけれども。

「そうですか。わたしも家で食べるつもりですんで」

家で食べるつもり⁉　僕が「食事していきます」とでも言えば、一緒に食べてくれたのだろうか⁉

「食べるって……」

「はい？」

どうやって？　と訊きたいところをぐっとこらえ、

「何が好物なんですか？」

とマヌケな質問でごまかす。

「何でも食べますよ。最近はゴーヤに凝《こ》ってますね」

ゴーヤ……僕は苦手だ。にがいから。ぬいぐるみは食べられるのに、人間の僕は食べられない……。別に食べなくても生きていけるけど、何となく小学生にでもなった気分……。

「飲み屋しか開いてませんし……先生はいける口ですか？」

「えっ⁉」

「下戸《げこ》ですか？」

「い、いえ、飲みますけど……」

好きですけど。

「じゃ、一杯飲んでいきましょうか。たまに行く店がありますんで」

えええええっ⁉　こんなにかわいいのに未成年じゃないの⁉　って妻子もいるのに未成年はないか。いったいいくつなんだ、この〝人〟は！

ぶたぶたさんが連れて行ってくれたのは、古ぼけた典型的な赤ちょうちんといった感じの店だった。「くしやき」と書かれたのれんをくぐると（いや、くぐったのは自分だ

け）中は満員だったが、

「おっ、ぶたぶたさん、久しぶりー！」

店主の親父さんの声が合図のように、みんなが場所を詰めて、カウンターのはじっこに席を作ってくれた。ほとんどが常連のようで、中には目を丸くして凝視《ぎようし》している人もいたが、あとは全然ぶたぶたさんを意識していない。

「先生、ビールでいいですか？」

「は、何でも……」

「じゃあ、生二つと枝豆、あと焼きとんの盛り合わせを」

焼きとん！　その「とん」は「豚」と書くとん⁉　「豚」が「とん」を——ああ、共《と》食《ぐ》いではないのだろうか……。

「ぶたぶたさん、久々に見たー」

隣の席の赤い顔と髪の毛のおばちゃんが、うれしそうに言う。

「あー、最近夜あんまり出歩かなかったから」

「やーねー、マイホームパパみたいな顔してー」

そう言って、ぶたぶたさんの背中をバンバンはたく。

「ダメだよ、夜はたくとほこりが立つから」

ぶたぶたの言葉に、周りがどっと沸《わ》く。僕は思わず考え込む。朝だとほこりが立たないということか？　ふとん？

呆然《ぼうぜん》としている間に、ジョッキと突き出しが運ばれてきた。

「お疲れさまです」

ぶたぶたさんに言われるままジョッキを掲げ、一気に飲んだ。ぶたぶたさんも、そうした。ぐびぐびと素晴らしい飲みっぷり——鼻が濡れないように思いきりのけぞって——相当飲み慣れていると見た。それにしても、どうしてあの手で持てるのか。

ああ……何だかくらくらする。酔えないかと思ったが、いつもより効くような気もする。いや、このくらくらは、ビールとは関係ないのかも。

お店の人がこれまた素早く注文した品を出してくれた。うわ、枝豆、だだちゃだ。水菜とササミのポン酢あえの突き出しもうまい。焼きとんもどっさりやってきた。中でもカシラのねぎまが絶品。タレではなく、辛子《からし》味噌で食べるのだ。それがまた肉と長ねぎの甘みによく合う。

「味噌は、ここにあるキャベツつけて食べてもいいよ。これはサービス」

親父さんが言う。カウンターの上に盛られたザク切りキャベツを空いた皿に取って、あまった辛子味噌で食べると、いくらでも入っていく。食欲がないなんて、いつ思ったんだっけ。

いや、そもそも何でここに来たんだっけ？

「お疲れだったみたいですけど、よく食べるんで、安心しました」

ぶたぶたさんの言葉で思い出す。講義のことを訊きたかったのだ。

「はあー、初めての講義でしたからねえ、疲れました」

はははは、と笑うが、本当は大部分、ぶたぶたさんのせいである。でも、ここを教えてくれたのもぶたぶたさんだ。食べたら、ちょっと元気が出た。

「それであの……今日の講義はどうだったでしょうか？」

僕は改めて質問をしてみた。するとぶたぶたさんは、点目と点目の間に少ししわを寄せ、枝豆でもぐもぐ頬をふくらせてから、こう答えた。

「そうですねえ〜……わたしはこういう講座は初めてなので何とも言えませんが、わかりやすかったと思いましたよ」

「ほんとですか？」

何だかうれしくなる。

「義母《はは》は他の講座を見学したらしいんですが、なんかほんとに学校の授業みたいなのもあったそうです。古典やいろいろな文学作品を分析した上で書くような。まあ、物を書くって本当はそれくらいしなきゃいけないものなのかもしれませんが、義母としてはもっと気楽に書きたかったみたいですし、わたしとしても具体的なことを教えていただける先生のような講義の方が楽しいですね。あとで義母にも報告しやすいですよ、『楽しかった』って」

義母——そうなのだ。僕のこの疲労感の大部分は、この言葉から始まった。

あの作品、どっからどう見ても、ごく普通の中年男性が書いたごく普通の日常エッセイではないか。ぬいぐるみであるとか、そういうことは一切わからないではないか！

……わからないといけないわけではないが、いやな汗をいっぱいかいて、何だか損をした気分。けれど、こうして差しでビールを飲み、うまい焼きとんを食べることができた。

焼きとんにはいまだに首を傾《かし》げるが、何だか得をした気分。

……どっちなんだ、と自分に突っ込みながら、結局のところまあまあいい気分だったりするのが不思議だった。適当な喫茶店とかに入っていたら、ぬいぐるみに熱心に話しかける変な人に見えてしまっていたなあ、とかいろいろなことが頭に浮かんでしまう。

「お義母さんは、パソコンやってらっしゃるんですか？」

妙な考えを打ち消すように、極力普通の会話を心がける。

「ええ、会社で使ってた頃は家でまでいじりたくないって思ってたらしいんですけど、定年になってからネットに興味を持ったみたいですね。遠くの友だちと連絡を取るのが楽しいみたいです」

「お義母さんのエッセイも読んでみたかったですねえ」

「伝えておきます。けっこうメールとか、ユニークですよ」

……どんなものであっても、この目の前の存在ほどユニークなものなんてないなあ、と僕は改めて思った。


結局、二人でかなり飲んでしまった。初対面、初めての店なのに、何だか異様に気持ちよくて、盛り上がってしまった。しかも安くてびっくり。何でぬいぐるみなのに、こんないい店知っているんだろう。

とにかく、あの小さな身体にどうしてあんなにビールと焼きとんが入るものなのか

——おぼろげな記憶の中に、それをたずねたような気もするのだが……彼は答えてくれなかったのか、それとも答えを忘れてしまったのか……それも憶《おぼ》えていなくて、僕は帰る途中、地団駄《じだんだ》を踏んだ。

そのせいか、家に帰って真っ暗な部屋に灯りをつけると、急に淋しさがこみあげてきた。いつものように、パソコンの電源をまず入れる。家にいる時は、常に立ち上がっている状態だ。昔は帰ってくるとすぐにテレビのスイッチを入れていたが、最近はもっぱらパソコン——というかネットだ。誰かからメールは来ていないか、掲示板に新しい書き込みはないか、チャットをしてみようか——そう思いながら、ネットの海をさまよう。

ああ、一人なんだな、としみじみ思う。ぶたぶたさんには、妻子も、元気なお義母さんもいるというのに。

いつもならこれくらいの時間は、サイトの更新——つまり、その日の日記をつけたり、掲示板にレスポンスしたり、メールを書いたりして、寝る、というパターンなのだが、今日はまず、どんな日記をつけていいものやら……さっぱり指が動かない。

掲示板に、

「今日からエッセイ教室の講師、始めるんですよね！　どんな生徒さん、いましたか？」

なんて無邪気な書き込みがあった。……返事……どうしよう。日記も、正直に言うと、ぶたぶたさんのことを書きたくなかった。

いやもう何だか……もったいなくて。サイトに来てくれる人たちには、本当に申し訳ないのだが。

こんなんでエッセイ講座の講師なんてできるんだろうか——と思いながら、とりあえず今日の日記は明日でっちあげることにして、僕は何もせずにパソコンの電源を落とし、ベッドに潜り込んだ。

今日から僕の日記は、フィクションになるなあ——ま、いいか。本職、小説家だし。だいたい、本当のこと書いたら、そっちをフィクションと思われるよなあ……早く二週間たたないかなあ……そんなことを思っているうちに、眠りについた。

第二回『二番目にいやなこと』

今日はこの間から行き始めたエッセイ講座の二回目の日だ。

江本佳乃は暗澹《あんたん》たる気分で目を覚ました。昨日はほぼ徹夜をしたのに、何も書けなかった。

あれから二週間が立ったのだ。一回目の衝撃は忘れられない。その夜は、別の意味で眠れなかった。

だって、桜色のぶたのぬいぐるみが歩いて動いて、エッセイを書いてきたのだ。しかも、あんなにかわいらしいのに、書いてあることや声は中年男性そのもの。かわいい子供や奥さんもいるらしい。本当かどうかは、まだわからないけれども。

いまだに信じられなくて、あれは長い夢だったのかな、と毎朝考え込むくらいだ。そんなバカな、とつい思ってしまうし、友だちにも言っていない。どう返されるかわからないし、説明も証明もできないし。写真でも撮っておけばよかった、と思ってすぐにそれは、ただのぬいぐるみの写真にしか見えない、と思い直す。

でも、その時は何だかとても興奮して、世界が変わったように見えた。不思議なことは無縁だった自分に、誰かが贈り物を持ってきてくれたみたいだった。だから、余計に誰にも言わないでいたのかもしれない。

「何、夢みたいなこと言ってんの？」

と笑って言われたら、やっぱり自分の見たものを信じられなくなってしまいそうだったから。

でも、それから二週間——。その他には何も起こらない二週間が何となく過ぎてしまったら、自分でも夢を見たのか、と思うようになってしまった。彼のエッセイを読み返しても、どうしてもぬいぐるみが書いたとは思えない。人間ってどんなに衝撃的なことでも、忘れられるようになっているんだなあ、と妙なところで感心する。

今日は講義が始まるまでに課題を提出しなければならない。枚数は四百字詰め原稿用紙換算で五枚まで。つまり、一枚でもいいのだが——二週間たっても一行も埋まらなかった。何しろ出された課題が、

「次の講義の日まで、〝二番目に〟印象に残ったこと」

つまり講師の磯貝も、一番は〝彼〟だとわかっているのだ。漠然《ばくぜん》と「印象に残ったこ

と」にすると、みんな〝彼〟を書いてくるに決まっている。

でも、他に印象に残ったことなんか、ないのだ。別にむりやり書く必要はないと言われているけれども……何とか出したい。学校でも会社でも何でも、今まで課題を出さないなんてこと、一度もなかったのだから。


のろのろと会社へ行く支度《したく》をし始める。肌が荒れていた。

まだ二十七歳なのに、こんな顕著にストレスが出るようになったのか……ちょっとショックだった。

厚塗りでそれを隠すのもいやなので、いつものようにすばやく化粧をすます。長い黒髪も、後ろでしばっただけ。制服がないから、つい地味な格好になってしまう。

佳乃は、大手広告代理店の総務に勤めている。時間が不規則な制作や営業とは違って、定時に始まるが、去年リストラがあったせいで、仕事のしわ寄せがもろに来ていた。元元若い女性に風当たりの強い会社だが、部署的に新しい人材は採れないらしい。それが佳乃がいられる理由になっている——というより、課内の仕事全体をちゃんと掌握《しょうあく》しているのは佳乃だけというのが実情だ。

けれど、仕事をこなしている間も、課題のことが気になって仕方がない。手帳を開いて見てみる。仕事とマンションの往復ばかり。ここ二週間、ずっと残業ばかりだ。休みの日も掃除や洗濯などして、あとは寝るだけ。

『一人暮らしなんかしなきゃよかったかなあ……』

仕事が忙しくなった、という理由から、二年前、親を説き伏せて一人暮らしを始めたが、短くなった通勤時間は結局仕事に費やされるばかりで、何の変化もなかった。時間を捻出《ねんしゅつ》する能力は、歳とともに落ちるばかりだ。

このままでは、課題を出さないまま、ぼんやり教室に二時間座っているだけになってしまう。それでも誰からも文句は言われないのだが……。

あの――〝彼〟は、ちゃんと書いてくるんだろうか？

書いてくる気がする。真面目そうだもの。

そう思って、佳乃はつい一人で微笑《ほほえ》んだ。真面目そうって？　何の根拠があるの？

「どうしたの、江本さん？」

はっと顔を上げると、課長が怪訝《けげん》な顔でこっちを見つめていた。

「何かいいことでもあった？」

そう言うと、にやりと笑った。黒光りするくらい焼けた肌の間から、黄色い歯がのぞく。背筋がぞっとした。

「いえ、別に……」

あわてて顔を伏せて、仕事の続きにかかる。

「珍しいよねー、江本さんが思い出し笑いなんて」

しかし課長は話をやめようとしない。弱点をつかんだとでも思っているのだろうか。

「真面目でにこりともしない江本さんの笑顔、なかなかいいじゃない。いつもそうやって笑ってればいいのに」

ちくりと皮肉を交えながら、機嫌良く課長はしゃべり続ける。佳乃はそれには答えず、ひたすら仕事を続ける。

「何を思い出してたの？　教えてよー。なかなか色っぽかったよ」

うふふ、という笑い声がまた気持ち悪い。

「彼氏でもできたんじゃないの？　そろそろ結婚かなあ」

「課長こそ、そろそろ出張に出かける時間じゃないですか」

セクハラ発言をさえぎって、佳乃は言う。

「え？」

課長は急に表情を変え、時計を見やる。

「お、もうこんな時間か」

本当に忘れていたのか、机の下からふくれたボストンバッグをひっぱり出し、「あとよろしくねー」と言いながら、あわてて部屋を飛び出して行った。空気が一気になごむ。

「まったく、江本さんたら親切なんだからー」

隣の席の後輩・舞子《まいこ》が言う。去年異動でやってきたばかりだが、怖いもの知らずなのか、課長にも辛辣《しんらつ》なことを平気で言う。それに佳乃も何度か助けられているけれども。

「あとでいろいろ言われるもの」

若い舞子にとりつく島がないものだから、佳乃が何かとかまわれる。それがうっとうしいのだ。

「けど、ちょっと課長の気持ち、わかりましたけど、今のは」

舞子が意外なことを言い出す。

「え？　どうして？」

「江本さんが仕事中にくすくす笑うなんてこと、ほんとになかったから」

「……そんなに笑ってた？」

「けっこう……わかりました。あたしも質問したくなっちゃいましたもん」

何てことだろう。佳乃は顔が赤くなるのを感じた。何やってんの、あたし。バカみたい。

「あ、江本さん、お昼——」

まだ何か訊きたそうな舞子をそのままに席を立ち、トイレへ駆け込んだ。

他に誰もいないことを確認して、顔に水をかける。もう赤くはないが、動悸《どうき》が激しい。

何だかとても恥ずかしかった。

何でこんなことで顔を赤くしなくちゃならないんだろう……。課長と後輩に思い出し笑いを見られたくらいで。いや……会社で一人でくすくす笑うなんて……変な人だと思われたら、どうしよう。

鏡に映った濡れたままの顔が、泣き顔に見えた。実際、どうしてだかわからないけれども、泣きたくなるほどくやしかった。でも、持って行き場がない。今日は厄日《やくび》かもしれない。

顔を拭いて、化粧を直して、何事もなかったかのように部屋へ戻る。もう昼休みの時間だ。舞子が机にメモを残していた。

〃先に社食に行ってます。早く来てくださいネ〃

けれど佳乃は、昼休みの間にその日の仕事の最低のノルマを必死にこなし、早退の手続きを取った。舞子の机にメモを置く。

〃ごめんなさい。早退します。ちょっと具合が悪いので〃

よほど不調でない限り、こんなことはしないから、心苦しかった。でも、昨日はほぼ徹夜だし、気分は確かにすぐれない。このまま家へ帰った方がいいだろうか。しっかり睡眠をとらなければ、明日の仕事にも差し支える。

でも、エッセイの講座はどうしたらいいんだろう。

結局家には帰らず、カルチャースクールのあるターミナル駅でいったん電車を降りた。六時からの講義まであと四時間以上ある。手書きでもいいから、何か出さなくちゃ。

佳乃は、いきつけの喫茶店へ行って、お気に入りの席に腰を下ろした。ここは実は、カルチャースクールの隣にある本屋の最上階にある店だ。静かに本を読むための客ばかりで、眺めもよくて、ポットで出てくるコーヒーがおいしい。お気に入りの席は、夜景もきれいなのだが、夕方はビルの谷間に沈む夕日が見える。とてもまぶしくて本も読めないくらいだ。だから、何もしないでぼーっとその夕日を眺めるのが、佳乃は好きだった。

ついこの席に座ってしまったが、書き物をするには少しやりづらい席だったろうか。でも、やはり落ち着ける席の方が集中できそうな気がする。

本日のコーヒーを頼んでから、システム手帳を開いた。エッセイ講座に通い出してから、原稿用紙のレフィルを入れた。あとでパソコンで清書をするにしても、文字数がわからなくては困ると思って。でも、B5判の原稿用紙もバッグにきちんと入っている。

コーヒーがやってきて、一口飲んで、考えて、原稿用紙に向かう。が、また一口飲んで考えて、またボールペンを握って――それを何度かくり返したが、やっぱり何も浮かばない。佳乃はため息をついて、またコーヒーを飲んだ。胃がきゅっとなるのは、昼食をとっていないせいだろうか。

「すみません。チキンハムサンドをください」

食欲はなかったけれども、何か胃に入れれば少しはむかつきもなくなるだろう。

「あ、すみません、こっちにもチキンハムサンドお願いします」

奥のテーブルから声がした。ここの席からは死角になっていて見えない。だが、聞き憶えのある声だった。

まさか……？

佳乃は立ち上がって、声のした方をのぞきこんだ。

そこには、アイスコーヒーをストローですすっている〝彼〟、あのぬいぐるみ――山崎ぶたぶたがいた。手品のように減っていくコップの中身は、突き出た鼻の中に吸い込まれていくようだった。バレーボールくらいの桜色の身体を、黄色いリュックの上に載せて上手に高さを調整している。そっくり返った右耳も、ビーズの点目も二週間前のままだった。

ぼんやりと突っ立ったままの佳乃の視線に気づいたのか、ぶたぶたが顔を上げる。

「あ……」

わかったのだろうか、佳乃のことを。

「エッセイ講座の方？」

わかったのだ。二週間前のことなのに、憶えていてくれた。何だかすごいことのように思えて、佳乃はよたよたとぶたぶたの席まで移動する。

「すみませんね、名前までまだ憶えていなくて……」

「江本です。江本佳乃」

「そうですか。僕は山崎ぶたぶたです」

そんなの、一度会えば忘れない。

「課題を出しに来たついでに寄ってみたんです。江本さんもですか？」

「いえ、あたしは……」

「移られますか？」

後ろからウェイトレスがおそるおそる声をかけてきた。

「あ、僕はかまいませんよ。どうぞ」

「じゃあ、はい……」

ぶたぶたの方をちらちら見ながら、ウェイトレスは佳乃の席を片づけ、コーヒーを持ってきてくれた。ぶたぶたは、多分佳乃がここに来る前から店にいたのだ。あとからだったらもっとお店の人の様子がおかしくなって、気づくはず。完全に死角だったから、今までわからなかったのだ。

「ここ初めて入ったんですけど、見晴らしいいですね。コーヒーもおいしいし。買った本ちょっと読んでから昼ご飯を食べに行こうと思ってたんですけど、居心地いいから、ここで食べることにしました」

小さな全身を使って、そう説明する。この間は、講師の磯貝が相手をしているのをながめているばかりで、こうして差し向かいで話をすることになるとは思ってもみなかった。それに、自分のお気に入りの店を彼も気に入ってくれたことが、思いの外うれしかった。

「あたしも、ここ好きなんです」

「サンドイッチ、どれにしようか迷ってたら江本さんの声が聞こえたので、つい便乗してしまいましたよ」

サンドイッチの種類は、シンプルながらも豊富で、どれもおいしいのだ。特にチキンハムサンドは、あまり他では食べられないメニューだ。

「あんまり大きな声で話していると、怒られるんですけど」

佳乃は、ぶたぶたのそっくり返った右耳に向かって、そう小声で言った。意味ないように思えるそんなことが自然にできるのが、我ながらおかしい。

「え、ほんとですか……」

ぶたぶたは、ちょっと困ったような顔になった。

「ええ、怒られてる人、見たことあります」

そこがまた、この店のいいところだと思う。ここは静かに本を読んだり、控えめに語り合ったりする場所なのだ。

やがて、ずっと戸惑った顔をしたウェイトレスがチキンハムサンドを二つ持ってきた。何の変哲もない三角形だが、メニューの写真よりもずっとボリュームがあり、つけあわせのサラダのドレッシングもピクルスもすべて手作り。もったいぶったお店で出てくるサンドイッチなんかよりも、ずっとおいしい。

さっそくぶたぶたがサンドイッチにかぶりつく。というか、身体の中に押し込む。一口食べて、ちょっと驚いたような顔になった。点目が見開いて見える。

「ハムとチキンのサンドイッチかと思ったら、鶏のハムサンドなんですねー」

そう言ってから、あ、と口を押さえる。ちょっと大きな声を出してしまったのだ。その仕草もかわいいが、むぐむぐと頰がふくらんではへこむところも驚くとともに愛らしい。

「淡泊なのにジューシーで——どうやって作るんだろう。パンに塗ってあるペーストも変わってるけど、すごくおいしい」

分析するように食べながら語るぶたぶたに、おじさんだったんだっけ、と佳乃は思い当たる。愛らしいとはちょっと失礼だろう。だけど、喜んでもらえて素直にうれしかった。でもやっぱり、サンドイッチをどう食べるかの方が気になる。自分が食べるのも忘れて、佳乃はじっと見つめてしまう。

「今日は、お休みですか？」

着々とサンドイッチをたいらげながら、ぶたぶたが言う。

「え？」

「確か、ＯＬさんでしたよね？」

「……はい」

ぶたぶたはごくんと口の中のものを飲み込んでから、

「何かまずいこと訊きました？」

佳乃はあわてて顔を上げる。知らぬ間にうつむいていたようだ。

「いえ、そういうわけじゃないんですが……今日は会社早退してきたんです」

「身体の調子でも悪いの？」

「いえ、そういうわけじゃなくて……あの……」

「言いにくいのなら、無理に言わなくてもいいけど」

「そうじゃなくて、あの……エッセイの課題を書こうと思ってて……」

「え、それで早退したんですか？」

「はい……」

言ってみると、何てことしているんだろう、と思う。仕事をほったらかして、こんなところで。

「好きなんですねえ」

好き？　うん。確かに好きだけれども、そういうのとは少し違う。

「もしかして、プロになろうとか思ってるんですか？」

佳乃はためらったのち、首を振った。とてもまだ言えるような段階ではない。ぶたぶたに言われたとおりだなんて。まだ一回しかちゃんと書いたことがないのに。

だからこそ、二回目から課題を提出できないなんてこと、あってはならない。一回目の時だって、一ヶ月悩んでやっと書いたのだ。最初だから、出来に自信はない。でも、書けたことにちょっと達成感があった。「作品」というものを仕上げたことが誇らしかった。

だから、今回もちゃんと書いて提出したかった。何より、提出できない自分が許せなかったから。

……あたし、何のためにエッセイなんて書こうと思ったんだろう。

「なら、一回くらい書かなくても、いいじゃないですか。プロになるにしてもそうじゃないとしても、楽しく書けなくちゃあんまり意味ないようにわたしは思うんですけどね」

「楽しく、書く……」

「そう。いやなこととかも楽しく書けば、けっこうすっきりするもんです」

「……いやなこと、あったんですか？」

「ありますよー。今回のはそれをネタにしてみました」

ぶたぶたは、リュックの中から折りたたんだ紙を取り出し、佳乃に差し出した。開くとそこには、

『二番目にいやなこと』

とタイトルがあった。

一番いやなことというものは、割とよくある。

私の場合、それは雨だ。しかも突然のにわか雨。これが一番困る。

梅雨など、もう雨が降ることが前提になっている季節ならば、いろいろ用意もできる。軽い雨合羽《あまがっぱ》や足を覆うビニールなど、かさばらないし重さもないから都合がいい。傘が持てれば一番よいのだが、私のサイズに合うものはなかなかないし、あってもあまり実用的ではない。ましてや折りたたみなどもってのほかだ。

大した荷物ではないのだから、いつでも持ち歩けばいいのだが、私も外出する時はいろいろ持ち物がある。カバンのサイズにも限度があって入らない場合があるので、天気予報を見て、雨が降らないと確信した時だけ、雨支度は置いていくようにしている。だが、そういう時に限って天気予報ははずれるのだ。そんな時は、仕方がないのでスーパーのビニール袋などを足に巻いたり、間に合わせの雨合羽を作ったりするしかない。そのまま袋に入ってぴょんぴょん飛んで帰ったこともあるが、あれはちょっと疲れたので、もうやりたくない。

とにかく、雨に濡れるとそのあとがいろいろ大変である。雨水は思いの外汚れているので、身体の染み抜きをしなければいけない場合もあるし、梅雨時はなかなか乾かなくて困る。そんな時は、乾燥機の中で走ることにしている。運動にもなって、一石二鳥だ。そのあと、ビールを飲み過ぎてしまうのが大きな欠点でもあるが。

そんないろいろなことを、私は「メンテ」と呼んでいる。けれども、「メンテ」と呼ぶくらいだからつまり、日常作業みたいなもの、とも言える。うっとうしいことだが、天気のせいでもあるし、私がどうこうできることでもない。めんどうくさいし、雨が降れば憂鬱《ゆううつ》だが、これは誰でもそうだろう。ただ私は身体が布なので、他の人よりも難儀《なんぎ》なことが多いだけなのだ。

雨が降ることで自分の身体を「メンテ」する間隔が計れる、と思えばよいことなのかもしれない。それに、晴れた日にひなたぼっこをすれば、みるみる乾いてふんわりと生まれ変わったようになる。身体中から太陽の匂いがするなんて、人間ではなかなかないことだろう。晴れた日には何倍もいいことがあると思って、私は雨の日を乗り切るのだ。

しかし、二番目にいやなこと、というのは、そうたくさんはない。もしかして「二番目」というのは、単なる回数かもしれない、と私は思うのだ。たまにしかないから、「一番」とは言えない。けれどもしかして、それは本当の「一番」かもしれないのではないかと。

二番目にいやなこと——それは、あとをつけられることだ。

私はきれいな女の子でもないし、かっこいい男性でもない。そうだったらよくつけられるというわけでもないだろうが、私のようなおじさんをつけても、何も面白いことはないだろうに、実はたまにつけられることがあるのだ。

今日、まさにそんなことがあった。相手はその時によって老若男女いろいろなのだが、今回は女の子らしい。小学生か、あるいは小柄な十代か。

本音で言えば、別にいやなことではないのだ。なぜなら、つけられて何かされたことは一度もない。いやなことというか、わからないことなのだ。不可解なことというのは気になる。喉《のど》の奥に魚の骨が刺さった時みたいな感じ、と言えば、わかりやすいだろうか。

駅を降りたところで気がついたのだ、その子の視線を。じろじろと遠慮なく見つめるので、最初は知り合いかと思ったくらいだ。でも、すぐに彼女は視線をそらし、あとはひたすら私のあとについてくる。そう、「つけてくる」ではなく、「ついてくる」の方が正しいかもしれない。本人にも「つける」という自覚はなかったのかもしれない。

本当は探偵ごっことか、そういうつもりだったのかもしれない。ちょっと変わったもの、興味をひかれたものを目にすれば、好奇心が湧き出ることは当然だ。私だってそうだから、それはわかるし、つけられることも、まあ無理もないとは自覚している。

けれど、私のあとなんかつけたって、別に面白くも何ともないと思うのだけれど。外見はともかく、行動はごくごく普通だ。普段もあまり目立たないようにしているし、友人たちに言わせても、「普通の人間よりも、ずっと普通っぽい」とのことだし。

その日の私は、駅から本屋に行って、文庫本を一冊買い、スーパーで買い物をして帰っただけだ。スーパーの中に女の子の姿はなかったので、てっきり帰ったのかと思ったが、会計をすませて出て行くと、外にちゃんといたのだ。まるで待ち合わせみたいに。

本当に知り合いかもしれない、と思った私は、声をかけようとしたのだが、ちょうどそこに妻が車で迎えに来てくれたので、何もしないままになってしまった。

結局、喉に刺さった骨というのは、「本当は知り合いなのではないか」「自分が忘れているだけではないか」とあとから考えて心配することなのかもしれない。何か言いたいことがあったのかな、と思うと、それも気になってくる。

そんな日が、雨が降る日よりは少ないけれども、時折私のところへやってくる。でも、たまにその中の人とあとから偶然に会い、本当に友だちになれたりするから不思議だ。そんな時こそ、一番目にいやなことが自分にとっての習慣と化すように、二番目も自分にとっては必要なことなのかな、と思う瞬間だったりする。

佳乃が読み終わってすぐに感じたことは、

「気づかないだけで絶対に雨が降るのと同じくらい、いや、それ以上あとをつけられてるかも……」

だった。だって、確かに「きれいな女の子でもないし、かっこいい男性でもない」が、かわいいぬいぐるみなんだもの。それに、普通の人はそんなにあとをつけられたりしないから、立派に「一番印象に残ったこと」になってしまいそう……。

しかし、そう言うのも野暮《やぼ》かしら、と思う。第一、それではこのエッセイが台無しになってしまう。せっかく人柄というか、ぬいぐるみ柄（？）がにじみ出ているのに。

「『いやなことだなあ』と思っていたのが、こういうことだったのか、と思えるのが面白かったですよ、自分で書いてて」

読んでいるうちに、ぶたぶたはチキンハムサンドを食べ終わってしまっていた。佳乃ははっとなる。彼が食べているところを書けばよかっただろうか——ってそれでは、結局のところ〝二番目〟とは言えない。磯貝が暗に指した〝一番目〟と同じではないか。

「なんか、自然な感じですよね、山崎さんのエッセイって……」

ところどころに人間とは思えない箇所もあるが。

「けど、〝日記エッセイ〟ってふうにならないんですよ。毎日書くことを考えると、やっぱり大変ですよね。二週間にいっぺんだから、ネタも何とか見つかるんですけど——」

それさえも見つけられないあたしって何だろう……佳乃は悲しくなる。普通の人より普通っぽくったって、しょせん普通じゃないぬいぐるみだ。あたしよりもずっといろいろなことがあるに違いない。普通の人並みに普通の私に、人に何か伝えられるような事柄があるなんて、とても思えない……。

なのに、どうしてエッセイストになろうなんて突然思ったんだろう。

……結局は、会社が面白くないからなんだろうか。クリエイティブな仕事がしたいと思って大手広告代理店に就職したが、一つの大きな会社の中で自分の望みを叶《かな》えることの難しさを知っただけだった。それでも安定した仕事を手に入れたことの満足感は当初あった。大学を卒業しても、就職せずにバイトをし続ける友人もいるし、起業したりフリーで仕事をしている友人の苦労も見てきている。それよりはずっといい。

それに自分の一番の問題を、佳乃はちゃんと自覚していた。「クリエイティブな仕事」と望んだのはいいけれども、その中身——本当にやりたいことなんか、よくわかっていなかったのだ。せいぜい、文章を書くことが好きだったから、コピーライターかフリーライターになりたい、という程度のあこがれでしかなかった。

でも、そういう気持ちが、今こそ原動力になるのではないか、と期待をしていた。心の中の穴を埋めるために、人は創造をくり返す——そんな言葉を、どこかで聞いたから。

でも、心の穴と創造力は、どちらが先なんだろうか。心の穴を抱えている人なんて、山ほどいるだろうが、その人たちすべてが創造するための才能を持っているわけではない。

自分の優等生の頭がそう言っているのが、佳乃にはいつも聞こえるのだ。けれど、自分には才能がある。あってほしいと望む気持ちに逆らえない。あきらめたのは、子供の頃だ。残ったのは、もう少しあがいてからあきらめればよかった、という後悔だけだった。

あがくのが今では遅すぎるのだろうか。どうあがいていいのかすらわからない今でも、いいんだろうか。

でも、たった五枚の課題がいまだに真っ白というのが、今の佳乃の現実だ。

「どうかしました？」

ぶたぶたが、心配そうな顔で佳乃を見つめていた。

「あの……あたし、なかなかネタが見つけられなくて」

つい正直に告白をしてしまった。誰にも言えなかったこと。友だちにも、家族にも。

「はー、それは大問題ですねー」

ぶたぶたさんはうなずきながらそう言う。

「僕もだいぶ悩みましたよ。家族会議開いちゃいましたもの。出す前に見せろって言われるし、見せるってことは早めに書かなきゃダメじゃないですか。本職じゃないんだから、そんなパッパとできるもんじゃありませんよねー」

ピンクの手をじたばたさせながら力説するぶたぶたの言葉に、佳乃は身体の力が抜けていくのを感じた。そうだ。言ってしまえば何てちっぽけなことなんだろう。最初から何でもできるなんて、うぬぼれにもほどがある。エッセイ書くのなんて、初めてなのに。

「まあ、とにかくサンドイッチ食べてください」

ぶたぶたに促されて、佳乃ははっとなる。パンが乾燥したらまずくなってしまう。あわててぱくついた。いつもと同じにおいしい。さっきまで、食べても味がしないかも、と思うくらい落ち込んでいたのに。

「たとえば、このおいしいサンドイッチのことを書いたっていいわけじゃないですか」

ぶたぶたは話を続ける。

「そう……ですか？」

「そうですよ。だって先生が出した課題は『二番目に印象に残ったこと』ですからね。何書いてもいいってことになりませんか？」

……はー、一番印象深い本人からすると、そういう理屈になるのか。

「じゃ、じゃあ、少し考えてみます」

佳乃は下を向いて、サンドイッチのことを考えてみた。確かにこれはとてもおいしい。他では食べられない。友だちに食べさせても好評だし——けど、それだけじゃまるで作文だ。せっかくこうやってぶたぶたと一緒に食べているのなら、それを書きたい。でも、それじゃ課題に沿わない。それをぶたぶたに言うわけにもいかないし……。

もしかして、結局ネタがないからってぶたぶたのことを書く人がいるんじゃないかと——いや、きっといるに違いない、と佳乃は思う。なら、書いてもいいかな。磯貝は、きっと許してくれるだろう。仕方ないと思ってもくれるはずだ。

なら、いいじゃないか。この目の前の〝人〟のことを書いたって。

でも、佳乃は誰に対してでもなく首を振った。バカ正直に課題を守るためではない。自分の生活の中で自分の感じたことを書きたいと思ったからだ。この人も、それの中に含まれることは確かだけれど、次回からもずっとそうやって書くわけにはいかない。プロを目指す、というのは、今はただの思いつきでしかないけれども、できる範囲から出ないことを選択し続けていたら、単なるあこがれのままで終わるし、それはもう子供の頃に経験済みだ。

あがくって、こういうことか。できないと思ってもやってみること。今日できなくても、明日にはできるようになっているかもしれないから。

「あの……ちょっといろいろ聞いてもらってもいいですか？」

「はい？」

「あたし、気がつかないだけで、きっとネタってこの二週間にあったと思うんです。それを一緒に考えてもらえませんか？　どうしても見つからなかったら、このサンドイッチのこと書きます。でも……あの、もし……時間があったらですけど」

勇気を出してお願いしてみた。一人で考えられなければ、相談をしてみる。それも、佳乃は苦手だったが、この点目に対してだとけっこうできるものだ。

「いいですよ。買い物はいつでもできますけど、課題は夕方には出さないとですもんね」

にっこりと笑った顔に、佳乃は頭を深々と下げた。

結局、佳乃の作品のタイトルは、

『初めての思い出し笑い』

となった。今日の午前中に起こったこと。思い出し笑いをしたことによって、セクハラ上司に絡《から》まれ、いやな思いをして、めったにしない早退までしてしまったこと。その上司がどれくらいいやな奴か。なぐさめてくれた後輩がどれくらい変わっているか。

書き始めたら、止まらなくなるくらいだった。上司に対して、だんだん怒ってきたからだ。普段軽くいなしているつもりだったが、無意識にストレスをためていたらしい。

あれもこれもと思い出して鬱憤《うっぷん》をぶちまけたら、気分もすっきり。ぶたぶたに読んでもらってから提出したので、そんなに独りよがりにもなっていないはず——と思ったら、一番最初に磯貝が読んでくれた。教室は爆笑に次ぐ爆笑。誰よりも驚いたのは、佳乃本人だった。

ぶたぶたを見やると、ぱたぱたと拍手をしてくれていた。午後の時間をつぶしてしまって、本当に申し訳ない。佳乃はそっと頭を下げた。

書き上げて、読んでもらっている間、だんだんと沈んでいく夕日を見ていた。この店はどの席からでも美しい夕焼けが見えることを知った。いつもの席が空いていないと帰ってしまったことを後悔しながら、まぶしさに目を細めていた。

ぶたぶたは、身じろぎもせず、原稿を読んでいた。今までのことが、やっぱり夢だったらどうしよう、と佳乃は怖くなる。逆光でよく見えないぶたぶたが、夕日とともに消えてしまったら……。

だが、そんなことはなかった。まぶしさが少しだけ薄れた頃、ぶたぶたは顔を上げ、

「すごく面白いです！」

と言ったのだ。そして、

「後輩さんに、ちゃんとお礼を言わないとダメですよ」

とも。そうだ。心配しているかもしれない。明日、ちゃんと謝ろう。

それに――あの子は変わっているから、ぶたぶたのことを話しても平気かもしれない。

どんな顔をするかな――。

「あ、江本さん」

今日二度目の思い出し笑いを見たのか見なかったのか、磯貝が声をかける。

「はい」

佳乃はあわてて立ち上がる。

「そういえば、この作品の中には何に思い出し笑いをしたかっていうの書いてなかったけど……もしよかったら、教えてもらえますか？」

「え……？」

教室の中を見渡す。今日はあの篠塚千奈美以外全員出席していた。みんなの視線が佳乃に注がれている。

「それは――内緒にしておきます」

佳乃は笑顔でそう答えた。その答えにがっかりした顔をしたのは、ぶたぶた一人だけだった。それ以外は、みんな薄々わかっていたに違いない。これくらいは課題からはずれていないよね、と佳乃は思った。

第三回『不器用なスパイ』

「千奈美！」

母親の声に、篠塚千奈美は振り向く。

「どこに行くの？」

「どこだっていいでしょ？」

千奈美は急いでいた。早く行かなければ。またいなくなってしまう。焦れば焦るほど、スニーカーの紐《ひも》がうまく結べない。

「毎日どこに行ってるの？」

心配そうな声が聞こえるが、それには答えない。そんなの、あたしの勝手じゃない。そう言いそうになるのをぐっとこらえる。これ以上言えば、また言い争いになって、同じことのくり返し。

「変なとこに行ってないわよね？」

変なとこってどこ？　あたしには、そんな行き場所なんてないのに。変なとこでも、行けるのならそこへ行くけど。

「この前のエッセイ教室休んだでしょ？　どうするの？」

やっとスニーカーが履けた千奈美は立ち上がって、ため息一つついてから振り向く。

「ママが勝手に申し込んだんでしょ？　つまんなかったから、もう行かない」

「だって……行きたいって言ったじゃない……」

「『誰か教えてくんないかなあ』とは言ったけど、お金出してそんなとこ行く必要なんかないよ」

勝手に思いこんで……最初から行かなければよかった。キャンセルさせればよかったのだ。

でも、もう遅い。また両親に無駄な金を使わせてしまった。

「いってきます」

「何時に帰るの？」

母の問いには答えず、千奈美は走って家を出た。自分にもわからない。相手次第だ。

千奈美が高校を辞めたのは、今年の春だ。去年、一年の二学期が終わる直前から不登校になった。退学は親からも教師からも反対されたが、自分で決めた。学校にも勉強にも興味がないのに、だらだらと籍を残しておいても無駄だと思ったからだ。

夜間や通信制の高校に入ることも少し考えたが、今はいい。千奈美は疲れていたのだ。いつから疲れているのかわからないくらい疲れていた。どうやって休めばいいのかもわからないくらい。

十六歳が何を言っている、ときっと世間の人は言うだろう。けど、子供だろうと大人だろうと、ずっとずっと疲れたままの毎日を送っていたら、おかしくなって当然なんじゃないかと思う。

病院に行きたかった。飲むと楽になれる薬っていっぱいあるらしいじゃない? もちろん、ドラッグとかではなく、ちゃんとお医者さんが処方してくれる奴が。

千奈美はほとんど眠って毎日を過ごすしかなかった。けれど、いくら眠っても疲れがとれる気配はない。疲れていて何の気力もないだけで他に異常はないから、心の病気に違いない、と思っているのだが、両親は精神科に通うことを反対していた。せめて心療内科にかかりたかったが、家の近所にそういう病院もクリニックもない。保険証は母が厳重に管理していて、黙って持ち出すことはできない。保険がきかない金額を、千奈美が出せるわけもない。

寝てれば治るはず、と母は言い、根性がないからだ、と父は言う。多分、どっちも違うと思うけれど、反論する気力はない。高校をやめたことで、エネルギーのほとんどを使ってしまったみたいだった。

最近は寝ているか、パソコンに向かって何か書いたりするくらいしかやることがない。パソコンは母が買ってくれた。父は反対したが、習得すれば学歴がなくても何か職につけるかもしれない、と母は思ったらしい。情報処理の資格勉強をすることを条件に、買ってくれたのだ。

パソコン自体は学校でも習ったので、すぐに使えるようにはなったが、結局、資格勉強はしていない。何か書くと言っても、未完のものばかりの短い物語やエッセイもどき。あとは適当に日記をつけるくらいだ。高校を辞めた時に、携帯電話を解約してしまったら、学校時代の友だちからの連絡は見事に途絶えた。生身の人間との接触はほとんどなくなってしまった。インターネットにもつながっていないから、新しい出会いもない。

元々、友だちは少ない方だ。高校では特になじめず、何となく孤立していた。小柄で幼い顔をからかわれたこともある。それがいやで、一時期髪を染めていたこともあったが、学校をやめた時ばっさり切ったら、真っ黒の髪に戻った。もっと幼くなってしまった。

母は心配して、フリースクールに入るようにすすめたが、千奈美は首を振った。

「何をしていてもいいのよ。しゃべりたくなかったら、黙って本読んでたっていいんだから」

じゃあ、何のために行くのかわからないではないか。かまってくれなくてもいい、と千奈美は思っていた。お金もかけないで、あたしなんかに。結局両親を裏切ってしまったようなものだ。申し訳ないというより、もう忘れてほしい、自分のことなんか。一人っ子だけれど、最初から子供なんかいなかったみたいに思ってほしい。

でも、家出する勇気もなくて、ずるずる居着く自分が日増しに嫌いになる。もう、どうしたらいいのか。

母は、あの手この手で、千奈美を外に連れ出そうとする。復学が一番の望みだろうが、そうじゃなくても何か勉強してほしいと思っているようだった。

「せめて大学には行ってほしいの」

それが母の口癖だった。卒業はしなくてもいいのかなあ、と皮肉を言ってみたいが、それは我慢している。

　だからって、あんなカルチャースクールなんて。新聞のチラシを見て、小説とかエッセイとか、とにかく何か上手に書けるようになりたい、とちらっと言っただけだったのに。

「若い人が多いらしいから」って、その若い人の基準が上過ぎるじゃない。場違いな気分をまた味わうだけで、何もいいことなかった——。

「あっ」

　千奈美は、思わず小さく声をあげる。いた。いつものスーパーについに現れた、あのぬいぐるみ。ほとんどひきこもりになっていた千奈美を、ほとんど毎日外に出させる奴だ。

　初めて見たのは、一ヶ月近く前だった。どうしても母に頼めない買い物のため、ドラッグストアへ行った夜。足は、めったに行かない遠い方の駅前へと向いた。父親がちょうど帰ってくる時間帯だったから、鉢合《はち》わせしたくなかった。いつもは昼間に行っていたのだが、最近眠れなくて、午後になってようやく起き出す。外出しよう、と決心するまで時間がかかるので、こんな時間になってしまったのだ。

遠い道のりをうつむいて歩き、買い物をすませた。やっと外に出て、大きくため息をついた時、駅の階段をとことこと下りてきた〝それ〟を見たのだ。

一目見て、硬直してしまった。何なの、あれは。ぬいぐるみじゃない。ピンクのぶたのぬいぐるみが、駅の階段を降りてくる。まるでバレーボールが転がってくるみたいに。あたしは夢でも見ているんだろうか。

周りをきょろきょろ見回してみても、みんな気づかないのか、あまり気にしていないようだった。いや、千奈美のように視線をはずさない人もいるが、急いでいるらしく、結局その場を離れる。時刻は、もうすぐ夜の九時。みんな帰宅を急ぐ人ばかりで、急いでいないのは自分一人みたいだった。

ぬいぐるみは人混みを避けて、道端に寄り、身体の半分くらいある携帯電話を取り出した。あたしも持ってないのに、あのぬいぐるみが持ってるなんて――千奈美は少なからずショックを受ける。

ぺなぺなの耳にぬいぐるみがケータイを押しつけると、鼻の先がもくもくと動き始めた。これは……どう見ても電話をしている。え？　ということは、声があるんだ。どんな声だろう。男の子？　女の子？　やっぱり女の子だよね。子供のように高くてかわいい声がいいな。

　そんなことを考えている間に電話が終わったらしく、ぬいぐるみはケータイを閉じ、それを持ったまま身体の向きを変えた。

　その時、一瞬だけ目が合ってしまったような気がして、千奈美はあわてて近くの店の看板の影に隠れた。わからなかっただろうか。あの黒ビーズの点目からは、何もうかがえないけど。

　ぬいぐるみはちょっと首を傾げたように見えたが、そのまま歩き出した。千奈美はあとをついていく。どこに行くんだろう。

　人々の足の間をすりぬけるようにして、ぬいぐるみは駅近くの本屋へ入っていった。外から中がよく見える。文庫の新刊のところを真剣に見ていたが、やがて分厚い本を手に取り、レジへ持って行った。荷物置きがわりだろうか、小さなスツールの上に登って背中のリュックの中から財布を取り出し、千円札とポイントカードを店員に渡した。顔色一つ変えず店員はカードをレジに通し、本にカバーをかけて、リュックに入れるまでしてくれた。その間、ぬいぐるみは財布におつりを入れる。ついでに持っていた携帯電話も。そして重たそうなリュックを背負い直して、店を出て行った。

一連の動きが、実にスムーズで、ぬいぐるみであることを除けば本当に普通の買い物だった。しかしポイントカードって……つまりここによく来るということだけど、何だかおばちゃんみたい。かわいい女の子、という想像ははずれているのだろうか。

ぬいぐるみは、それから深夜まで営業しているスーパーに入っていった。何？　また買い物？　何を買うんだろう。いや、そもそも駅にいたってことは、電車に乗ったのかな。帰ってきたところ？　ということは、ここら辺に住んでるの？

自分の何倍もある移動式のカートを押したぬいぐるみは、時々ジャンプして品物を取ったりしながら下の段のカゴに食料品を入れていた。すごいすごい。お店の人とも話をしているみたいだった。本屋と同じでよく来る店なのかな。うーん、やっぱりおばちゃんくさい。

千奈美は、あまりこのスーパーには来たことがない。最寄り駅前ではないし、新しいし、第一、食料品の買い出しなんかしたことがなかった。家の手伝い自体、した憶えがほとんどない。

「千奈美は、勉強だけ思い切りしていればいいから」

父と母の共通の口癖を思い出したら、ため息が出た。何だか動悸がしてくるようだった。

そんなことを考えていたら、ぬいぐるみを見失ってしまった。けっこう遅い時間にもかかわらず、スーパーにはたくさんの人がいる。みんな忙しそうだ。あのぬいぐるみもそうだった。千奈美なんかより、ずっと足が速い。

スーパーの中を探し回った。一階は食料品、二階には衣料品や日用品がある。どっちにいるんだろう。会計は別みたいだが、もう済ませて二階へ行ってしまったのかもしれない。いやにゆっくりのエスカレーターを駆け上がった。

けれど二階はがらんとしていて、お客はほとんどいず、結局すぐに一階へ降りるしかなかった。もう一度ぐるりと店内を巡ってみたが、見つからない。店員に変な目で見られる。確かに何も買ってないけど……他に何かするわけじゃないのに、そんな顔して見ないで。

あきらめて、店を出た。煌々《こうこう》と明るい店内が、ここら辺にしては大きな駐車場を照らしている。出口付近の車寄せに座って、千奈美はまたため息をついた。避けて回っていた人混みによく入っていったなあ。結果的に、けっこう長い外出になってしまった。母は心配しているかもしれない。ケータイもないから、電話がかかってくることはないけど。

少しどきどきしていた気分がおさまってきたので、千奈美は帰るため立ち上がった。その時、誰も押していないカートがガラガラと千奈美の前を通り過ぎていった。いや、誰も押していないわけはない。あのぬいぐるみだ。カートのカゴの中には、大きなビニール袋が二つ。まさか、あのカートを押したまま帰るつもりじゃないだろうか。勢いをつけて乗るのかも。楽そうだが、運転はできないだろう。いや、止まったぞ。どうするんだろう。やっぱり乗る？

ところが、駐車場から小さくピッとクラクションが鳴らされると、ぬいぐるみはそっちの方へカートを向けた。車の中から女の人が出てきて近寄ると、カゴの中の袋を手に取り、すばやく車へ乗り込む。

ぬいぐるみはスーパー入り口近くにある置き場にカートを戻すと、すぐ近くまで来ていた車に乗り込んで（というか飛び込んで）、あっという間にスーパーをあとにした。

千奈美は、その一部始終を〝焼きいも〟と書かれたのぼりの後ろで見ていた。はっと気がつくと、同じように身をかがめて車が走り去った方を見ている店員らしき男の人もいた。ばっちりと目が合う。

「あ……ありがとうございました〜」

店員は、うわずった声でそう言うと、スーパーに走り込んでいった。

それ以来、毎日このスーパーに来ている。用事もないのに夜抜け出すのは難しいので、次の日のお昼頃行ったら、あの店員が店頭で焼き芋《いも》を売っていた。昼間よく見れば、まだ高校生くらいに見える若い人だった。

焼き芋は、屋台とか外部の出店ではなく、スーパーが特製の焼き芋機でその場で焼いて、格安で売っていた。一本食べたらお昼の代わりになるくらいの大きさの焼き芋が百円。冬でもないのに、行列ができていた。

焼き芋の香りに惹《ひ》かれて、千奈美もその列に並んでしまった。幸運にも、最後の一本が千奈美の手に渡る。後ろに並んでいたおばさんたちが、文句を言いながら帰っていった。

「あ、昨日の……」

店員は、芋を渡しながら、そうつぶやいた。

彼は次の販売時のために、機械の掃除や芋の用意を始めた。千奈美はそのすぐ脇で焼き芋を食べ始める。

「ほら」

店員が、ペットボトルのお茶を差し出した。

「水分取らないと、むせるよ。ジューシーな芋ってことで自慢だけどね」

ジューシーも何も、芋にあるのかな、と思うが、確かにねっとりとした舌触りで、ぱさつきがまったくなく、とても甘い。だからと言って水分がまったくいらない、というわけではなかった。何しろ熱々《あつあつ》だから。なので、ありがたくお茶を受け取り、

「お金いくら？」

と訊く。

「いらない。朝買って、そのまんまにしといた奴だから、冷たくなくていいなら飲みなよ」

横を向いたままそう言う。あとでお金置いて帰ろう。千奈美はそう思って、ペットボトルのふたをねじ開けた。

「ねえ、あのぬいぐるみ知ってる？」

半分ほど芋を食べたところで、千奈美は思い切って訊いてみた。ようやく店員がこっちを向く。

「知らないよ。昨日初めて見た。けど、他の人はみんな知ってたよ」

「他の人って、ここのスーパーの人？」

千奈美は、思わず建物を見上げる。いったいどんなスーパーなの？

「うん。俺は新米だし、ほとんどここにいるし、昼間はそんなに来ない人らしいから」

「〝人〟……？」

「そう。みんな言ってる。いい人なんだって」

「ふーん……」

人、かあ……。ぬいぐるみなのに人として、しかもいい人として認められているなんて……。

「ここでバイトしてるの？」

「え、その人？」

「違う違う」

千奈美は店員を指さす。

「あ、社員だけど……やっぱバイトに見られるんだなあ……」

しょぼんとした横顔に少し罪悪感を感じたが、何だか笑いも漏れてしまう。

「お客さんこそ、何してるの？」

変な会話、と思いつつ、千奈美は答える。

「あたしは高校辞めて、遊んでるの」

店員は、言葉を失ったようだった。

「――よかった。……中学生かと思った」

「何よ、よかったって。それに、『中学生』の前にちょっとためらったのは何？」

だいたいわかるけど。補導員に小学生に間違われるのも珍しくないのだ。だから、外に出るのがうっとうしくて、ひきこもったようなものなんだけど。

「帰る」

焼き芋も食べ終わったし。

「昼間、あのぬいぐるみ、あんまり来ないんでしょ？」

「うん。そうだって聞いたけど……」

「じゃ、もう来ないから」

けれど結局次の日、彼にお茶のお金を渡していないことに気づいて、また行ってしまった。

それ以来、毎日だ。

外に出るようになればなったで、母親の心配は倍増したようだった。当然行き先は言わないから。千奈美としても、スーパーか、その近くの公園でぼーっとしている、と言うのも何だかバカみたい、と思うのだ。

それにあのぬいぐるみ……本当に昼間来ない。じゃあ、夜なら来るのかというと――あの店員（長谷川《はせがわ》、という）には、一応来たら教えてくれるように頼んでおいたのだが、教えてもらってから行っても間に合わないし、出かける時に母や父と揉《も》めたりケンカになったりで行けなかったり。まったく役に立たないったら。

「なあ、親御さんは心配しないの？」

歳も顔も若そうなのに、長谷川はけっこう古めかしい言葉を使う。

「してるよ。でも、どうしようもないの。外に出られるようになっただけいいと思ってくれないと困るよ」

すぐに次を求められても、こっちは困るだけだ。

「ほんとにどこにも行ってないの？」

「うん。……あ、ママが勝手に申し込んだカルチャースクールだけ。けど、一度行ってから、もう行ってない」

「カルチャースクールねえ……何の講座？」

「エッセイだって」

「ふーん……そういう文章書くの好きなんだ」

「うん、まあね。けど、あんまりうまくないの。そんなことママの前でうっかり言っちゃったら、勝手に申し込んで来ちゃって……」

「カルチャースクールのエッセイ教室っていうと、奥さまが優雅に書いたり、おほほとか言いながらほめあってる感じだな」

奥さまがおほほ。そういえば、そんな感じの人は一人しかいなかったような――。

「あたしもそう思ったけど、教えてくれるのは三十代くらいの男の人で、日記みたいなエッセイを書きましょうって感じらしいんだ。最終的には、ネットに日記サイト持てたらいいねって」

「ふーん、けっこう若い人向けなんだ」

「そうかもね。けど、あたしは少し若すぎるんだよ。ネットやってないし」

「携帯も持ってないよな？　電話する時、お母さん出るから緊張するよ、まったく……」

長谷川はため息をつく。

「どっちにしろ、もう行く気ないから、どうでもいいんだけどね」

「……ほんとに何もしたくないの？」

「うん……」

そういうわけじゃないのだが……まだまだ疲れていて、何をやってもうまくいかないような気がしてならない。

「あんたは？　スーパーに勤めて、何するつもり？」

話をそらす。

「うーん……ここに勤めて、お金をもらってる身としては言いにくいけど、自分で店を出したいんだ。このスーパー、接客から配送から、いろいろなところを回らせられて、それからじゃないと自分の希望の部署に行けなくて、それで辞める人も多いらしいんだけど、俺はお金をもらってそういう基礎を学ばせてもらうって感じに思ってて。上司に聞かれるとほんとやばいけど」

「へーっ」

童顔のくせにしっかりしているというか、けっこう強《したた》かではないか。

あたしには、そういうなりたいものとかやりたいこととか、ないなあ……。千奈美はまたため息をつく。

「君も、文章書くのが好きなら、勉強してみたら？　せっかくだし」

「カルチャースクールで？」

「そうだよ。もったいないじゃん。学校の授業とは違うんだろう？」

知らないから、そんな気ままなことが言えるんだよねー。なんかああいうふうに座っているること自体がもうダメなのに。だから、一回目だって、寝てるしかなかったのに。

「勉強なんて、嫌いだもん」

ずいぶん長いこと、両親には好きだと思われていたようだが。

「まあ、そう好きな人はいないだろうけど……新しいことはなるべくした方がいいよ」

「ずいぶん説教くさいよね」

「見た目よりも、ずっと歳食ってるからさ」

そういえば、あのぬいぐるみには年齢なんかあるんだろうか。今では何となくおばちゃんだと思っているのだが――それこそ、見た目よりも歳を食っているということ？

そして、今日が待ちに待った日だ。夕方になって、長谷川から電話がかかってきた。

「来てるよ、あの人が」

母親から電話をひったくるようにしてその言葉を聞いた千奈美は、あわてて家を飛び出したのだ。

ぬいぐるみは、あの焼き芋の列に並んでいた。長谷川が売っている。千奈美を見つけると、目配せをした。

今度は万全だ。この周辺は、いやというほど下調べしてある。隠れるところだったらすぐに見つけられるのだ。千奈美は列から完全に死角でありながら、充分観察できる位置に立った。

ぬいぐるみは焼き芋を買ってから、いつも千奈美が食べている場所に座り込み、そのまま食べ出した。あんなに熱い、しかも自分の背丈ほどの芋ももとのもしないとは、さすがぬいぐるみ。びっくりするくらいの食欲だ。ばくばくと、消えるようになくなっていく。アニメを見ているようだった。

人間の半分の早さで焼き芋を食べ終えたぬいぐるみは、芋が入っていた紙袋をゴミ箱に捨て、口の周りをウェットティッシュで拭き拭きしてから、駅の方に向かって歩き出した。千奈美もそっとついていく。

あ、そのまま改札へ行く。まずい。切符買わなきゃ。いくら買えばいいのー、上りなの、下りなの、どっちなのー、と心の中でわめきながら、とりあえず乗り換え駅に出られるくらいの切符を買ってみた。

自動改札をどう通ったんだろう、と思いながらあわてて駅構内に走り込んだ。すると、改札前の時刻表を熱心に見上げているのに出くわしてしまう。とっさに伝言板の後ろに身を隠す。

しばらくふんふんうなずきながら時刻表を見て、ぬいぐるみは上りのホームへ登っていった。千奈美も階段を駆け上がる。息が切れた。運動不足というのもあるけど、気がつくと夕方の人混みだ。電車乗って、大丈夫かな。

ホームはそんなに混んでいなかったが、あとをつける方としてはつらいところだ。身を屈《かが》めるようにして歩いているのも怪しい。けど、ちゃんと立つと見えなくなるし。

各駅停車の車両がホームに滑り込んできた。ぬいぐるみはそれに乗り込む。よかった。あまり止まらない急行とか快速って苦手なのだ。

夕方の上りは空いているので、ぬいぐるみははじっこの三人がけの椅子に座った。かわいい。黄色いリュックを膝《ひざ》(?)に乗せてちょこんと座っている。どう見ても誰かの忘れ物だ。

千奈美は隣の車両の同じ三人がけの椅子に座っていた。ちょうど対になっているから、ガラス越しに見られる。でも、一応帽子を目深《まぶか》にかぶり直してみたり。

ぬいぐるみは、リュックから分厚い文庫本を取り出して、読み始めた。あれは、この間本屋で買っていたものだろうか。重たくないかなあ。ぬいぐるみ自身よりも重そうに見えるのだが。

隣に座ったおばさんが「忘れ物かな」という顔をしてじっと見ていたが、本のページがぱらりとめくれると肩をびくっといからせ、ぷいっとそっぽを向いてしまった。が、横目でちらちら見ている。その顔がおかしくて、笑いをこらえるのが大変だった。声を押し殺していたら、涙が出てきた。そこまでして笑うなんて、ものすごく久しぶりだ。あたしまで、周りの人に変な目で見られてる。けど、いいや。おかしいんだもの。

いくつかの駅に止まったが、まだぬいぐるみは降りる気配がない。次で降りてくれないと切符の金額が足りなくなる。千奈美はガラス越しに念を送ってみた。次で降りろ〜、次で降りろ〜。降りてくれ〜、お願い〜。

すると、ぬいぐるみは文庫本をぱたりと閉じ（また隣の人がびっくりしている）、リュックにしまって、かわりに定期入れを出した。やった！　精算しなくていい、ラッキー。

降りたのは大きなターミナル駅だ。この間、高校を辞めてから久々に降りたが、千奈美にとって苦手な駅だった。人が多いのはもちろんだが、通学路でもあったから——いろいろ思い出すのがつらかった。

でも、追いかけなくちゃ。せっかくここまで来たんだもん。どこまで行くのか、見届けてやる。

だが、その駅の中を歩いていて、千奈美は気がついた。どんなに気をつけて歩いていても、視線の差がありすぎるぬいぐるみはすぐに見失ってしまう。だがふとあたりを見回すと、まるで待っていてくれたかのように、姿を現すのだ。動悸が激しくなって、少し座って休まなくてはならなくなった時はあきらめようかと思ったのだが、立ち上がると同時に前を通り過ぎた。千奈美の歩調がゆっくりならば、ぬいぐるみの歩調もゆっくりになる。

千奈美は隠れるのをやめて、ただぬいぐるみのあとをついていった。あの人は、あたしをどこかに連れて行こうとしている。そんなバカな。どうして？　気のせいだよ。だって、あのぬいぐるみはあたしのことなんか知らない。誰もあたしのことなんか知らないのだ。このたくさんの人の中で、あのぬいぐるみだけ、あたしのことを知っているなんて……そんなのありえない。

でも、それがありえないことではないとわかったのは、とあるビルの中にぬいぐるみが入っていった時だった。

ここって……一ヶ月ほど前に行った、あのエッセイ講座の……。

千奈美はエレベーターの表示を見つめる。カルチャーセンターのある階でエレベーターは停まった。

どうしようかと悩んだ末に、千奈美はエレベーターを呼び、上へ上がっていった。

ドアが開くと、ロビーには講義のため急ぐ人たちがたくさんいたが、ぬいぐるみはその中で目立たないようにベンチに座っていた。やっぱり誰かの忘れ物のように、身じろぎもしないで。

「きゃっ」

誰かが小さな叫び声をあげた。ベンチからぬいぐるみが、突然飛び降りたからだ。

「何なに？」

そんな声を背後で聞きながら、千奈美はぬいぐるみを追いかけた。

ぬいぐるみは、一つの教室に入っていった。

『日記エッセイを書こう――講師・磯貝ひさみつ』

そんな看板が立っていた。ここって……えっ、まさか。どうして？

「あっ、篠塚……さんだっけ？　今日は来たんだ」

名前を呼ばれ、驚いて振り向くと、講師の磯貝が立っていた。

「よかったよかった。さあ、入って入って」

何だかやけにうれしそうな彼に言われるまま、千奈美は教室へ入ってしまう。

一番後ろの席に、あのぬいぐるみが座っていた。

「ほら、君にぜひ紹介したいと思ってて。山崎ぶたぶたさん」

磯貝がそう言うと、「山崎ぶたぶた」と呼ばれたぬいぐるみは立ち上がり、

「こんにちは」

と、もくもく鼻先を動かしながら、手を挙げた。おばちゃんではなく、おじさん声だった。

何だかわけがわからないまま、講義が始まってしまい、帰るに帰れなくなった。何？　どういうこと？　もしかして……だまされた⁉　けど、誰に？　ママ？　でも、電話はちゃんとあったし……。まさか、この先生⁉

「篠塚さん、作品は……書いてこなかったみたいだね？」

磯貝の質問に、反射的にうなずいてしまう。

「あ、それは別にいいから。でも、今日はせっかくだから、他の人の作品に感想を言ってほしいな」

「は、はい……」

まるで自分の返事じゃないみたいだった。

最初のエッセイ作品を磯貝は読み上げているが、後ろに座っているぬいぐるみ――ぶたぶたのことが気になって、全然頭に入ってこない。これじゃあ、やっぱり寝てても同じだ。と思っても、ちっとも眠くないのだが。

ふと目を落とすと、コピー用紙の束がいつの間にか置かれていた。今日提出された作品集だった。パラパラとめくってみたが――ぶたぶたの作品はない。何だかがっかりした。でも、出していないのが自分だけじゃなくて、少しほっとする。

すると、後ろから背中をつつかれるのを感じた。振り向くと、自分の祖父くらいの人が、折りたたんだ紙を差し出している。白髪頭で優しそうな笑顔を浮かべていた。

「ぶたぶたさんから君にって」

彼はそう小声で言う。千奈美は何も言えずにそれを受け取り、広げてみた。


よく行くスーパーの店頭で、焼き芋が売られている。

私の身長くらいあり、しかも太い焼き芋が一本百円。今年の冬から売り出されたのだが、とても人気がある。焼き時間のタイミングを逃すと買えないし、夕方には焼く芋自体がなくなってしまい、買い損ねることもしばしばだ。

娘たちが好きだし、私も昼食代わりにしたりしていたので、冬の間はよくおみやげに買ったものだ。

だが、暖かくなったり、芋の種類が変わったこともあって（味が落ちたのではなく、あくまでも好みの問題）、最近はあまり買うことがなかった。だからその時まで、彼の存在に気づかなかった。

声をかけられたのは、一週間ほど前だ。

「あのう……ごめんなさい」

突然、彼は謝ってきた。私はその夜も買い物を済ませて、妻の車の迎えを待っているところだった。

「何で謝るんですか？」

わけもわからずたずねると、彼はしきりと頭を下げて、

「申し訳ないです。なんか……スパイみたいなことしてて」

スパイ。それはまた大げさなことを言われてしまった。スパイされる憶えはまったくないのだが。

彼は仕事帰りのようだった。いつもの制服ではなかったから、一瞬誰だかわからなかったが、すぐに思い出した。夏のような陽射しの中、熱い焼き芋機で芋を焼く少年――のように見える青年。

「スパイするほどのものじゃないけど、私は」

「いやっ、あのスパイっていうのは言葉のあやで……いらしてたら知らせるようにって頼まれてたんですけど……」

そこへ妻から電話が入った。道路が事故で混んでいるから、少し遅くなるとのことなので、私は彼の話をじっくり聞くことにした。

彼は、つい最近知り合った女の子に、私が来たら知らせるようにと頼まれていたらしい。

「どうして？」

「それは……多分あなたに会いたいからなんだと思いますけど」

「じゃあ、今呼んであげれば？　時間もあるし、待っててあげますよ」

そう言うと、彼は急に口ごもってしまう。

「彼女、携帯を持ってなくて……家の電話にかけても、最近とりついでもらえないんです。このスーパーの名前を言えばいいんでしょうけど、あんまり頻繁だとここにもあっちにも迷惑がかかるかもしれないし……」

彼は、ぽつりぽつりと彼女の状況を話し始めた。朴訥《ぼくとつ》とした話し方から、彼が本当に彼女のことを心配しているのがわかった。

「せっかく自分から外に出始めたのを、やめてほしくないんです」

そう言ったあと、もう一度、

「せっかく外に出始めたのに……」

そうくり返した。その声には、くやしさがにじみ出ていた。彼女のことを心配しながら、同時に自分自身にも言い聞かせているようにも見えた。

「もしかして……君もひきこもってたの？」

私がたずねると、彼はためらいながらうなずいた。

「お母さんにいろいろ説明したいと思っても、話をする前に怪しい仲間だと思って電話を切られちゃうんです。とにかく、長くひきこもってると、出るのも同じくらい時間がかかったりするから。チャンスを失わないようにと思って。

僕は出られるまで五年かかりました。ちょうど彼女と同じ歳の頃から。それから勉強し直したりして、ちゃんと働けるようになるまで、さらに三年近くかかりました」

見た目高校生のように見えるのは、まるでそこからまた成長を始めたかのようだった。

「訊いたことあるんです。あなたに会ってどうするのかって。けど、何も言わない。多分、遠くから眺めているだけになると思います。どうしたらいいのかわからないっていうか、まだ目の前で起こっていることを、なるべく自分から遠ざけたいと思ってるんです。でも、あなたに興味を持って会いたいと思うのは、大きな前進でもある。けど、できることなら、もっと前に進んでほしくて。せっかく入ったエッセイ教室にも、たった一回しか行ってないみたいで……」

エッセイ教室と聞いて、私はようやく合点《がてん》が行った。やっと思い出したのだ。この間、私のあとをつけていた女の子のことを。

「その子は、ええと……篠塚千奈美さんっていう人じゃないの？」

「えっ、何で知ってるんですか⁉」

彼はとても驚いたようだった。

「私は知ってるけど、彼女は多分私のことを知らないよ。エッセイ講座の一回目の時、気がつかなかったみたいだからね。ずっと寝てたし」

「えー……そうなんですか……。何てあの子は粗忽者《そこつもの》なんだ」

彼はそう言って頭を抱えた。

「灯台もと暗しというか青い鳥っていうか……」

「まあでも、君みたいな友だちもできて、一石二鳥だったんじゃないの？」

そう言うと彼は、ちょっと照れくさそうに笑った。

そこまではワープロで打たれていたが、そのあとに手書文字でこう書かれていた。

ちなみに、彼は今日のことは、何も知りません。ただいつものように、「電話して」と言っただけ。

——まんまとだまされてしまった。ぶたぶたと長谷川に。

千奈美は振り向いてぶたぶたの方を見る。彼も千奈美の方を見て、小さく手を振る。手というか——ひづめというか。

そのしぐさがかわいくて、思わず笑ってしまう。あんなにかわいいのに、おじさんだったのか。そして、あの手でこの文字を書いたのか。けっこう上手じゃない。

後ろの、さっきこの原稿を渡してくれた男性が立ち上がって、何やら感想を述べている。千奈美ははっとなって、作品集に目を落とした。

感想――他の人のなんか言えるだろうか。発表できないぶたぶたのエッセイに対してだったら、言えるけど。「ありがとう」と。

でもこれは、感想とは違うな。ただのお礼じゃん。見た目より本当に歳を食っていたあいつにも、同じ言葉を言わなくてはいけないなあ。

第四回『もっと大きくなりたい』

わたし——松浦潤子は、何だか最近イライラしていた。ささいなことで腹を立てたり、家族に当たったり。

「お母さん、ちょっと変だよ」

つい昨日、娘にも面と向かって言われたばかり。更年期のぶり返しではないかと心配されたが、それはまったくの勘違いだ。

別に何にも問題はない。自分にも家族にも。息子と娘は——まあ、結婚もしていないし、いまだ家に居着いているが、ちゃんと就職して、真面目に働いている。夫との会話は少ないが、それも昔からのことで、仲が悪いというほどではない。定年になってからのことを考えるとうんざりするがまだ先のことだし、その時に考えればいい。年老いた両親も兄の元でまだ元気だ。夫の両親はもう看取《みと》ってしまっている。

ささいな悩み事がないわけではないが、切羽《せっぱ》詰まったことは何もなかった。経済的にも贅沢をしなければ無理なく暮らせるし、家族の誰もがそんな身の程知らずなことをしたいとは思わない。ほどほどの悠々自適を絵に描いたような生活なのだ。

今までにもこんなふうにイライラすることがなかったわけではない。けれどそれは、嫁いできた慣れない土地での生活と孤独な子育て、型どおりの毎日を送ることから来る焦燥感からだった。それをひた隠し、一人で涙を流しながら、家族のためにがんばってきたのだ。そして、子供たちが学校に入った頃から、何気なく通い始めたエッセイ講座――それが、わたしを落ち込みから救ってくれた。書くことはいくらでもあったし、何でも文章にできる自信もついた。書くことでイライラを解消してきたのだ。

けれど今は違う。書くことでイライラが倍増してしまうのだ。


その日も、今週のエッセイ講座の課題のため、朝のうちにすべての家事をすませ、いつものように紅茶を入れて、誰もいない広い食卓に原稿用紙を広げた。

書く時には、いつも一つだけ贅沢をすることにしている。それは、お気に入りの万年筆を使うとか、新しいショールを羽織《はお》るとか、ジャスミンのオイルを焚《た》くとか――それくらいなものだ。今日は、ファーストフラッシュのダージリンを入れてみた。さわやかな青葉の香りがして、淡い渋みが口の中に広がる。一杯目はストレートで、二杯目にはミルクを入れて飲む。

明るい陽射しがリビングダイニングに差し込み、微妙な影を作る。去年リフォームしたばかりの自慢のキッチン。今日の昼食は、何を作ろうか、それとも誰かとランチに行こうか――。

じゃなくて。

「……違うのよ」

書きかけの原稿用紙をくしゃくしゃと丸めて、部屋の隅にあるゴミ箱に投げた。ぽーんときれいな放物線を描いて、原稿用紙はゴミ箱に吸い込まれていく。こんなことばかりがうまくなっても何の足しにもならない。

書こうとしてもなぜかしっくりこないのだ。ちょっと前だったら、原稿用紙に向かえばすぐにテーマが浮かんできて、一気に書いてしまえた。書き終えてから今ひとつ、と思えば、しばらく寝かせて直す。それでちゃんと作品になったのだ。

それがどうだ。最後まで書き上がらないなんて。原稿用紙に向かったら、エッセイを一本、必ず書く、という自分への課題が全然守れていない。

かといって、〝他のこと〟がはかどるかというと、そんなこともないのだ。それもまたイライラに拍車をかける。

心は、エッセイを書くことではなく、その〝他のこと〟に奪われていた。生まれて初めて、小説を書こうと思っているのだ。とびっきりのモデルを見つけたのだから。そのまんま書いても小説と思ってもらえる、山崎ぶたぶたという桜色をしたぶたのぬいぐるみ——。

けれど、全然書けないのだ。出だしまでは何とかできた。主人公はわたし自身だ。新しく開設されたエッセイ講座に何気なく通い始めた専業主婦。静かな生活を好むごくごく平凡な女だが、五十の大台に届いたとはいえ、かつての可憐さと清楚さをいまだ失わない（それって〝平凡〟なのか？　まあいいか。小説なんだし）。そこで出会ったのが、ぶたぶたさん。ビーズの点目、突き出た鼻、そっくり返った右耳、おみくじしばりのしっぽ——とてもかわいらしい容姿なのに、渋い男の声と大人の分別を持つ不思議なぬいぐるみ。

書けたのは、ここまでだ。ここから先、何が起こるのか、というのがまったく浮かばないのである。普通なら——というか、たとえば恋愛小説であるならば、わたしとぶたぶたさんは不倫関係になるだろう。しかもW不倫だ。好みとしては、気持ちだけの関係がいいな。プラトニックで崇高《すうこう》な愛。何しろ、相手はぬいぐるみだし。

……と、ここまで考えたら、美少女フィギュアを集めるオタクとどう違うのだろう、と思考が停止してしまった。じゃあ、肉体関係にまで発展——とか言っても、肉じゃないし。わたしこそ布やパンヤじゃないし。こんなんじゃ、ちっともエロスが感じられないではないか。では肉でもパンヤでもない真ん中辺あたりで、なんて、そんな微妙なものがいきなり書けるとは思えないし。

じゃあミステリーとかどうだろう。たぐいまれなる謎めきに充ち満ちているのだから、それをわたしが推理するのだ！

……それはやっぱり無理そうなので、たとえば、エッセイ講座の誰かが殺されるとか。講師の磯貝先生だったら、シャレですましてくれるかもしれないから、とりあえず彼を。わたしとぶたぶたさんの凸凹コンビが、その事件を解決するのだ。うわあ、何だか二時間ドラマみたい。

『ぬいぐるみ探偵・パンヤの脳細胞　昼下がり（本当は夕方だけど）のカルチャースクールを襲う魔の手！　奥さま&ぬいぐるみの迷コンビが謎を解く！』

頭の中に、ぶたぶたさんの背中に手を入れて口をぱくぱくさせながら「もう息がないわ」とか言っている自分が浮かんで、げんなりしてしまう。それ、ぶたぶたさんと違うし。だいたい犯人は誰なんだ。トリックは？

ということで、やはりそこで思考は停まってしまうのだ。

じゃあ、素直にファンタジーにしちゃえばいいじゃない。ぶたぶたさんは、異世界からやってきた魔法使いなのだ。が、そんな魔法使いがなぜエッセイ講座に？

オープニングを変える必要が出てきたが、何だかもったいない気がする。ていうか、新しいオープニングが浮かばないだけなのだが。

原点に戻って、異世界からやってきたもの（どう考えても、それ以外はありえない）がエッセイ講座にいる必然性を考え出そうとしたが——。

「あっ！」

冷めたダージリンを一気飲みした時、ふいにひらめいた。

彼は本当は人間なのだが、何かの呪《のろ》いでぶたのぬいぐるみにされてしまった。人間に戻せるのはわたしだけだ。だから、わたしを捜してエッセイ講座にぶたぶたさんはやってきた——。

「なるほど！」

これなら、オープニングもそのままだ。

「いいじゃなーい」

思わずつぶやき、やおら原稿用紙に向かい出す。そのまま三十分。ぱたりとボールペンが倒れた。食卓の上に突っ伏す。

「だめだ……」

どうして彼が呪いをかけられたのか。元々彼はどんな人だったのか。どうやって人間に戻すのか。どうしてわたしにそれができるのか。呪いをかけたのは誰なのか。

そもそも、この小説のテーマは何なのか。

「何も浮かばない……」

苦悩に顔をしかめ、そうつぶやいた。

小説なんか書きたいなんて思ったこと——なかったと言えば嘘になるが、書こうと思ったことは正直言ってない。だって、大変そうだし。よくネタのように言われるが、ミステリーを書こうとしたのはいいけれど、話が進まないから登場人物をどんどん殺していって——という程度のレベルであることは、自分でもよくわかっている。エッセイだって、実はけっこう無難な作品ばかりだと自覚している。ストレス解消に書いているのだし、人に喜んでもらうという意識があまりないのだから、こんなもんだろう、とわかっているのだ。

「バカじゃできない。利口じゃやらない」

いや、これは本当は役者に関することらしいのだが、「小説家にもあてはまります」とラジオで有名な作家が言っていた。わたしは、どっちなんだろうか。

磯貝先生に相談してみようかな。

ふと頭をかすめるが、とても恥ずかしくて言えそうにない。それに、彼の方こそきっと、ぶたぶたさんをモデルにした小説をもう書いているに違いない。ますます言いにくい……。

別に書き上げたところで、発表しようとも思っていないけれども。

しかし、とにかく困っているのは、小説で悩んでいたらエッセイも書けなくなってしまったということだ。どう書いても、「ダメなんじゃないか」と思ってしまう。別に課題ができなくても大した出来じゃなくても、講座に通うことは全然かまわないのだが、ぶたぶたさんとの会話のきっかけくらいになる作品にしたいと思うではないか。じゃあせめてあからさまに彼をネタにしたエッセイを——と思ってもそれも書けないから困っている。堂々巡りなのだ。

「ああっ、もう！」

立ち上がり、マグカップをシンクに放り込むと、そのまま家を飛び出した。こんな時は、身体を動かして気分転換でもするしかない。季節はもう初夏。梅雨になるまでの間の一番いい季節だ。日射しがまぶしい。今日も夏日になるだろう。

Tシャツとジーンズ、スニーカーという適当な格好で、ずんずん歩き続けた。しまった。万歩計を持ってくればよかった。せっかくこんなに勢いよく歩いているのに。

肩から下げたトートバッグから、携帯電話の着信音が鳴る。近所の主婦友だちからのメールだ。

〝今日ヒマ？　一緒にお昼どう？〟

ここは一丁、豪華なランチでも食べて大いなる気分転換をはからなければだめか——と思い、返信しようとした時、

「そうだ」

ケータイの電話帳を確認する。この間の講義の時に、メールができる人同士でアドレスを交換したのだ。もちろんその中には、ぶたぶたさんも含まれている。

小説の続きを考えている時、ずっと思っていたのは、「次に何が起こるのか」ということばかりだった。だから何も思い浮かばなかったのかもしれない。主人公は自分だということをすっかり忘れていた。何もしない主人公とは頼りない。行動させねば。

わたしは友だちに、

〝ごめん、今日は予定があるの〟

と返信した。もし思うようにいかなかったとしても、今日は元々エッセイを書く日と決めていたわけだから、予定はちゃんとあるのだ。おとなしく家に帰って、残り物を食べよう。

ということで、ぶたぶたさんに、

〝もしお暇だったら、お昼をご一緒しませんか？　ご相談したいこともあるのです〟

という何だか意味深なメールを出してしまった。これが人間に対してだったら、こんな大胆なことはできないかも――と思いつつ、けっこうドキドキした。不倫の始まりってこんな感じ？　やっぱり恋愛小説で決まりかな？　苦悩の日々を送る人妻。何に苦悩するの？　人間相手なら――「抱かれたい」とか？

いや、むしろ「だっこしたい」であって……これでは人妻というより、五歳児くらいの苦悩だなあ。

またメール着信音が鳴る。

〝一時くらいでしたら、お昼ご一緒できます〟

「よっしゃ！」

思わず道ばたで声を上げてしまう。それにしてもぶたぶたさんてば、何て大胆な。わたしも利用している路線を使ってカルチャースクールへ通う人が、エッセイ講座には多かった。カルチャースクールのある駅は、大きなターミナルだから、他の路線でも不思議はないのだが、半分くらいは同じ路線だったろうか。

ぶたぶたさんはわたしが利用している駅の二つほど手前に住んでいる。メールでのやりとりで、その駅へ出向くことになった。あっちの方がお店もたくさんあって、ここより開けているのだ。

急いで家へ帰り、身支度をする。と言っても——このシチュエーション、人間同士であるならば完全に昼下がりの情事に発展してもおかしくないが、相手はあのかわいいぶたぶたさんなのだ。いや、そういう意味でなくてもかわいいといえばかわいい。何しろぶたぶたさんはわたしよりも年下なのだ（多分。話している印象から。おそらく、四十代前半というところか)。本当だったらかわいい年下男とのデートなのに、どうも洋服を選ぶ目が、女友だちとの気軽なランチモードになってしまう。浮き立った気持ちはあるにはあるが、それはたとえば年若のかわいいお嬢さん——千奈美ちゃんとか佳乃さんとか、そういう人とお食事をするみたいな感じ？　何だそれ。

あんまり迷って遅れても困るので、Ｔシャツをブラウスに着替え、スニーカーをサンダルに履き替えて家を出た。

それにしても、昼食に突然誘ってすぐに快諾、というのは、いい歳をした男としてはちょっと不自然である。普通、昼間は会社勤めをしているものではないか？

……普通じゃなかった。ぬいぐるみだった。そりゃ勤めていなくても無理ないような気もするが、けっこう勤勉な印象があるので、つい……働いていると考えてしまった。しかしそう考えるわたしの方が変なのか？　だってぬいぐるみだし。働こうったって、どうすりゃいいのだ。ぬいぐるみが働いていたら、全然働いていないわたしはどうなる。なんてことを思っている間に、駅に着いてしまう。待ち合わせは、無難に改札を出たところ。

まだ来ていないようだ。柱に寄りかかって、改札をよく観察する。ちゃんと見ていないと、見逃してしまいそうだし。

うーん、どこに行くのだろう。ここら辺はよく知らないが、前に友だちが北口の方にできたフランス料理店のランチが安くておいしいと言っていた。そこに誘ってみたらどうかしら。どんなお店かわからないけど、ぶたぶたさんとフランス料理だなんて——フランス料理。フォークとナイフをキコキコ。あの柔らかい手で。……どうもしっくりこない。じゃあどこだろう。和食か？　それともイタリアン。パスタ。うん、何だかパスタっぽい。根拠はないけど、食べているところを見てみたいってだけ。スプーン使う人、嫌いなのだが、使ったらどうしよう。小さいから、使わないと食べられないかもしれないし。いや、それよりずるずるすすったらどうしよう。いや、すすってるところも見てみたい。どうするのか確かめたい。じゃあそばかラーメンか——。ラーメン食べたくなってきた。けど、暑いからつけめんが食べたい……。

「あ、松浦さん。こんなところで何なさってるんですか？」

げ、知り合いか？　全然改札も見ていなかった。お腹が空きすぎて、白日夢の中にいたみたいだった。

愛想笑いを浮かべつつ振り返ると、そこには磯貝先生が立っていた。

「いっ磯貝先生⁉」

「奇遇ですねえ。お待ち合わせですか？」

屈託《くったく》なくはっはっはっと笑われる。

「え、ええ、まあ。えーと……先生もお待ち合わせですか？」

「そうです」

そこへ背後から声がかかった。

「どうもお待たせしました」

振り向くと、そこには四、五歳くらいのかわいらしい女の子が立っていた。

「すみません。妻が突然仕事で呼び出されて……下の娘を連れてきてしまいました」

女の子はそうおじさん声で言った。

そうじゃなくて。女の子は、ぶたぶたさんと手をつないでいたのだ。しかし、女の子の方が大きいので、お気に入りのぬいぐるみを持っているとしか見えない。

「すごい！　すごおい！」

突然、若い女性の大きな声が響き渡った。駅構内の人が、はっと振り向くくらい。多分ぶたぶたさんに対してなのだろうが、なかなかこう素直な驚きの声というのは聞かない。あまりの驚きに、みんなまず言葉を失うから。

「ほんとなんですね、すごい信じられない！」

磯貝先生の背後から女性が飛び出し、ぶたぶたさんの手を握った。というより、絞った。

「初めまして、清風《せいふう》書房の板垣《いたがき》と申します！　磯貝先生からお話うかがって――今日お会いできて、とてもうれしいです！」

えっ、えっ？　何どういうこと？　ぶたぶたさんはここで誰と待ち合わせをしていたというの？

「松浦さん、すみませんねえ」

磯貝先生が困ったような顔をして言う。

「さっき松浦さんからメールいただいた時、僕とぶたぶたさん、一緒だったんです。これから編集さんと会って昼飯を食べようってことだったんですけど、せっかくメールもらったから誘っちゃえって」

「あ……そうだったんですか」

不倫――昼下がりの情事――めくるめく甘美な苦悩の幕開け――はあっけなく消滅し

た。年下男が二人もいるにもかかわらず、わたしの予感は的中してしまったというわけだ。年若のかわいいお嬢さんとお食事をするみたいな感じ。しかもこれまた二人も。

子供がいるので、ファミリーレストランでの食事となった。フランス料理もパスタも夢と消える。でも本当に食べたかったのはつけめんだったので、天ざるうどんにしてみた。似たようなものだ。

ぶたぶたさんの娘はとても礼儀正しく、笑顔のかわいい子だった。だが、さすがに子供。お子様ランチプレートを食べ終わるとついに飽きてしまったのか、店の中をうろうろし始めた。追いかけるため、思わず立ち上がる。

「あ、大丈夫です」

と、ぶたぶたさんが言う。なじみの店らしく、アルバイトの女の子たちが彼女の相手をしてくれている。けっこう楽しそう。

しかし、いつまでも相手にしてもらうわけにもいくまい。ここは、磯貝先生と編集者の板垣さんとぶたぶたさんがどうして待ち合わせをしたのかわからない部外者のわたしが面倒を見てあげるべきではないだろうか。子供の相手なら慣れているし。

するとそこへ、小学生くらいの女の子二人がファミレスに入ってきた。一人は生粋《きっすい》の日本人だったが、もう一人は目の覚めるようなプラチナブロンドと青い目をしたものすごくかわいい白人の女の子だった。いや、日本人の子だって、博多人形のようにかわいい——というのは誉《ほ》め言葉にならない?

「お父さん!」

まっすぐこちらへやってきたブロンドの子がぶたぶたさんに向かってそう叫んだ。なまりのない、きれいな日本語で。まつ毛をばっさばっさささせながら。

えっ! わたしは驚きの声を飲み込む。板垣さんも磯貝先生も、客の何人かも同じように目を白黒させていたが、ファミレスの店員は平然としていた。

「またあ、知らない人おどかすのやめてよー」

博多人形の方がブロンドの子の肩をポンポンと叩く。ブロンドの子は天使のようににっこり笑って、

「嘘うそ。ごめんなさい」

と言う。ああ、びっくりした。いったいどんな家族なんだ、と頭がこの子みたいに真っ白になりかけた。人間が娘だってだけで充分驚くのにその上って。

「お姉ちゃん！」

ぶたぶたさんの娘が、博多人形の方に抱きつく。姉妹か、この二人は。よく似ているなあ。父と母、どっち似なの？　……そりゃ母か。

「迎えに来たよ。お父さんお仕事だから、終わるまでフェイの家で遊んでよう」

フェイ……フェイといえば、女優のフェイ・ダナウェイしか知らないが、もしかして、このブロンドの子の名前？　単なるお友だち？

「じゃあね、お父さん」

三人は仲良く手をつないでファミレスを出て行った。あのぶたぶたさんの娘って何て名前だっけ？　そういえば、聞いたっけ？　ああ、もう混乱して思い出せない。こんなおばちゃんにこんなめまぐるしいこと、酷《こく》だわ……。

嵐のような数分が過ぎ去って、とりあえずみんなでコーヒーをおかわりした。

「そ、それでお話なんですけど……」

板垣さんがしどろもどろになって切り出した。彼女は食事の間中、ずっとぶたぶたさんを見つめ続けていた。歳の頃は二十代の半ばくらいだろうか。うちの娘よりちょっと下かな。

「とりあえず今日はお会いして、お話をうかがうってだけのつもりだったんですが……」

板垣さんはちらっとわたしの方を気遣うように見る。すると磯貝先生が、

「あ、あのね松浦さん、僕、ぶたぶたさんにエッセイの本書くようにってすすめているんです」

「へーっ！」

驚きのあまり、家でテレビを見ているような声が出た。あわててよそいきの声に改める。

「まあ、それはとても読みたいわ」

本心であった。

「エッセイじゃなくても自伝とか」

「うおっ⁉」

もう元に戻ってしまった……。しかし自伝とな。それはすごいことになりそうだ。読みてー、と心の中でこぶしを作って密《ひそ》かに叫ぶ。

「私自身は無理だと思ってるんですけど……。他にも仕事ありますし」

えあっ⁉　とまた変な声が出そうになって、わたしはあわてて口をおさえる。ぶたぶたさん、仕事があるって⁉　ぬいぐるみなのに⁉

「ぬいぐるみのくせに生意気だぞ」という理不尽なフレーズが頭の中をぐるぐる回る。

「そうなんですか……。けど、一目見て、ぜひ書いていただきたい、と思ったんです。本物のぬいぐるみが書いたエッセイなんて、話題になるし、絶対売れると思って」

「そうですかねえ……。架空のファンタジーだと思われるだけなんじゃないでしょうか」

しごく冷静な突っ込みをぶたぶたさんは入れる。『猫語の教科書』って読んだことあるが、これは作家のタイプライターを勝手に飼い猫が使って書いたとされているものだ。けど、誰も猫が本当に書いたとは思わない。少なくとも大人は。「本当だったらいいなあ」とは思うけど。

「テレビ出演されれば、架空とは思われないんじゃないでしょうか⁉」

「いやあ……それはどうかなあ。いっこく堂の新しいネタだとか思われるだけなんじゃないでしょうか」

あ、そうそう、あの腹話術師はいっこく堂って名前だった。ぶたぶたさんとわたしは同じことを考えていたようだ。

「板垣さん、テレビは宣伝にはなるけど、ぶたぶたさんがキワモノ扱いされてしまうかもしれないし、それはどうかと思うよ、僕は」

「あ……そうですよね。すみません、先走り過ぎました……」

磯貝先生のたしなめもあって、板垣さんはしょんぼりと頭を下げる。

「でも、いただいた原稿だけでなく、存在のユニークさもぜひアピールできるといいなって思いまして――」

「だいたいの人は、そんな信じてくれないと思いますよ。無理ないと自分でも思います」

ぶたぶたさんは濃いピンク色の手先を振りながらそう言った。

「エッセイも、そんな普通ですし。これで本を出してもらったら、他にいっしょうけんめいやっている方に悪いです」

「そうですかねえ……。今はまだ、課題に従って書いているだけって感じですけど、もっと独自の視点を際立たせれば、ぬいぐるみということを前面に出さなくても面白いエッセイになると思うんですが……」

磯貝先生は残念そうに言う。

「けど、かえって読者を混乱させることになりませんか？　独自——というか、私の場合はちょっと特殊ってことになりますし、そういうのはマニア受けしても、一般的にはどうなんでしょうか」

うわあ……仕事できそうだ、この〝人〟。でも、言うとおりだと思う。正体がわからないとなると、ごく普通のエッセイ本と同じだから、どう評価されるかがわかりにくい。本人が出たら話題になるけど、本を出す必要もないだろう。テレビでタレントとして出るだけで充分で、エッセイはおまけみたいなものになる。売れるだろうけど（買うし）。

しかし板垣さんはまだあきらめきれないらしい。

「でも、読ませていただいたもの、面白かったですよ……そうだ、今回みたいに子育てのことを中心にお書きになりませんか？」

何っ⁉

「たとえばマンガ家さんと組んで、イラストをふんだんに入れるとか——」

「あのう……」

悪いと思いつつ、言葉をはさんでしまう。

「子育てのこと、お書きになったんですか?」

「ああ、これですよ。どうぞ」

ぶたぶたさんが原稿を手渡してくれる。話はすぐにまた板垣さんの熱い語りに戻ったので、わたしは一人でその原稿を読みふけった。


私の娘は二人。小学三年生と幼稚園の年少組だ。

上の子はしっかり者で、下の子はちょっと変わり者。よく「不思議ちゃん」と言われるらしい。私から見ても、なかなか面白い感性の持ち主だと思う。親バカだろうか。

だが、正反対に見えても姉妹とても仲がいい。お姉ちゃんが気ままな妹に振り回されることもあるが、お姉ちゃんの姿がなければ妹は探し回るのだ。歳は離れているが、顔は双子のようによく似ている。二人とも、妻似だ。

かなり特殊な父親を持っているので、妹は、友だちの家へ遊びに行くと私くらいの大きさのぬいぐるみに向かって、

「お邪魔しています」

と挨拶をしたこともあったそうだ。家の人にきちんと挨拶をするように、と厳しく言

っていたのだが、お父さんや一番大きなぬいぐるみは無視してそんなことをしていたらしい。それは「不思議ちゃん」と言われても無理はないな、と思う。あとでみんなで言い聞かせたが、理解するまでずいぶん時間がかかったようだ。

だが、どうやったって私という父親の存在は特殊なのだ。基本的に子供が物心つくまでの私は、父親兼おもちゃ兼タオル兼おしゃぶりであった。父親をぶんぶん振り回すのはもちろん、耳をかじられ、よだれを拭かれ、上を這《は》われる。だが、言葉がわかるようになるとそういうことはしなくなるし、おもちゃを大事に扱うようになる。まあ、私のようにちゃんとしゃべるおもちゃは他にないのだが、まだ小さいうちから、何も言わないけれども痛かったり苦しかったりする、と思ってくれるようになったようだ。

得意なことは一緒にお風呂に入ること。私も一緒に洗える——というか、つまりスポンジみたいなものなので、あとは湯船につかってゆっくりと話をしたり、歌を歌ったりできる。これが今、一日のうちで一番リラックスできる時間だ。私が遅くならない限り、必ず三人でお風呂に入るようにしている。最近は、お姉ちゃんが私を洗ってくれるようになった。自分で洗うよりも、汚れがよく落ちる気がする。

家族みんなで食事やおやつを作るのも大好きだ。お姉ちゃんはずっとお菓子作りに凝っていたが、この頃料理に目覚めた。私のかわりに鍋を振ってくれるので頼もしい。妹は相変わらず、クッキーやパンの生地をこねるのがお気に入り。けれど、私よりも大きな手のひらを持っているので、なかなか上手なのだ。

苦手なことは、実は——一緒に出かけること。いや、別にいやなことではなく、とても楽しいことなのだが、一緒なのが私だけだと、大人がいるとは誰も思ってくれず、よく警察に通報されてしまうのだ。お巡りさんがやってきて娘たちを連れて行こうとするのを何度止めたことか。娘たちが訴えても信じてくれず、結局は妻が呼ばれてしまう。一番悲しいのは、娘たちが奇異な目で見られることだ。私自身は別にいいのだが、娘たちにまでそれが及ぶのは耐えられない。

そのせいか、お姉ちゃんの口癖は、

「もっと大きくなりたい」

見た目が大人っぽくなれば、三人で出かけても警察に連れていかれることはないから。せめて背を高くするため、毎日嫌いな牛乳や乳製品を鼻をつまんで飲んだり食べたりしている。運動も大好きなので、よく三人で近所の公園へ行って、縄跳びやキャッチボール、バドミントンをしている。二人とも運動神経は妻に似て良いようだ。近所の公園なら、誰も通報しないし。

　そして、今のところの妹の夢は、「髪の毛が白くなること」。「白くすること」ではなく、「白くなること」。妹はお姉ちゃんの友だちであるアメリカ人の女の子みたいなプラチナブロンドにあこがれている。これがまた、作り物のように美しい白金で、びっくりするほどきれいな子なのだが、お茶目な上に日本語がぺらぺらなので、娘たちの英語はなかなか上達しないのだ。

　でも、この間までは「青い目になること」が妹の夢だったはずなのに。

「それはもういいの？」

　とこの間訊いたら、

「いい。目はね、大人になったらお父さんみたいになるってわかってるから」

　いや、点目はちょっと——と思ったが、幼稚園のお友だちはみんなうらやましがるそうだ。うちに来る時は、必ず私がいなければいけないことになっているらしい。

　二人とも、人とすぐに仲良くなれるのが一番のとりえだろう。

「それはあなたにそっくりだよね」

　と妻は言う。それも、やっぱり親バカだろうか。

「いかがです？　読みたいと思いませんか、ぶたぶたさんの子育てエッセイ。特にお出かけの話とか、もっと読みたいんです、私」

いつのまにか板垣さんがわたしの方を向いて、目をきらきらさせながらそう訴える。

「確かに読みたいです」

わたしは本当にそう思う。けれども——。

「もしぶたぶたさん本人が話題になったら……今さっきまで一緒にいた子供たちから、お父さんを取り上げることになるんじゃないかって、そっちの方がちょっと気になります」

これも本心だった。楽しい子育てといい親子関係は、親と子供双方が本当にのびのびとしているからこそあるものだ。わたしも余裕がない頃は、娘と息子にずいぶん暗い顔やつらい思いをさせてしまった。今でも後悔をしているが、当の彼らからすればそれはもう思い出に過ぎないらしい。エッセイ——というか、書くことで心が少し落ち着いてからのお母さんが本当のお母さんであり、昔のお母さんは「昔」のことでしかないのだ。

今、とてもいい状態でいる親子関係がどうにかなるんじゃないか、というのは、余計なお世話なのかもしれないが、一度壊れると修復は大変だし、できれば今のこの、原稿の中に書かれているような笑顔のまま、あの子たちがいられる方がいい、と思うのだ。

それに、本当にぶたぶたさんのことが世間に知れ渡ったら、あの子たちも興味の対象になってしまう。それはぶたぶたさんも望まないことだし、実際にエッセイにも書いている。多分、自分が少しでも目立てば、注目の的になるのが自分だけではないことをぶたぶたさんは自覚しているのだ。今までもきっと、細心の注意を払ってきたのかもしれない。

「松浦さん」

ぶたぶたさんの声にわたしははっとなる。

「あ、すみません。何か余計なこと言っちゃって……」

「いいえ、ありがとうございます。私も、ほんとのところ、これ以上子供たちへの時間を減らしたくない、というのが本心なもんで……」

「あー……そうなんですかあ……」

板垣さんは、とてもショックを受けたように、がっくりと肩を落とした。でも、すぐに顔を上げて、

「じゃあ、お子さんがもう少し大きくなってからだったらいかがですか?」

「うーん……それはまたその時になってみないとわからないけど」

「あきらめませんから、あたし。いつでも声かけてください。ぶたぶたさんの本出すまで、あたしずっとこの仕事してますから。結婚しても子供産んでも。どっちもできてないかもしれませんけど」

ぶたぶたさんはちょっと苦笑いだが、

「じゃあ、もう少しお時間をいただくということで」

わたしはちょっとほっとした。読みたくもあり、ぶたぶたさんの子供たちのことも心配でもあり。けど、子供の手が離れれば、気が変わることだってあるかもしれない。わたしが下手な書き物をし出したように。

板垣さんは吹っ切れたのか、「トイレに行ってきます」と席を立った。

「そうだ、松浦さん。あなたをここに呼んだのは、別に出版社にただ飯をおごってもらうだけじゃないんですよ」

思い出したように磯貝先生が言う。ただ飯ってそんな……。

「そういえば、相談したいことってメールにありましたけど」

ぶたぶたさんも言う。

「いえそれは……大したことないんです……」

二人ともしげしげとわたしを見つめる。ど、どうしよう。磯貝先生にだったら相談しようか、と思ったけれども、内容が内容だけに何だか恥ずかしい。

「じゃあ、僕から話しましょう。松浦さん、あなた小説書きませんか？」

「ほえっ⁉」

思いがけない言葉に油断して、とびきり変な声を出してしまった。

「何かエッセイとかより、小説の方が向いてるような気がするんですけど。文体とか」

何だこの展開。いきなりわたしが主人公みたいになったぞ。

「ああああ、あの実は……先生に相談するのが恥ずかしくて、ぶたぶたさんに……その、小説書いてみようかなーなんてご相談しようとしてたんですよー、ほほほ……」

「あー、そうなんですかー」

二人とも納得の顔である。よかった、ごまかせた……か？

「け、けど、うまく書けなくて、困ってて……そしたら、エッセイの課題も書けなくなってしまって」

「課題は気にしなくていいですよ。困ってるってどんなことです?」

「なんか話がうまく作れなくて……」

「うーん、話をうまく作るっていうのも大切ですけど、まずは登場人物を生き生き描くってことを念頭に置いてみたらいかがでしょう」

磯貝先生の提案を、よく頭の中で反芻《はんすう》する。

「松浦さん、多分キャラ立ちの人だと思うんです」

「えっ、キャラ立ち?」

耳慣れない言葉だ。

「あ、すみません。つまり、ストーリーで読ませるより、登場人物で読ませるタイプってことです。その人がどういう人かとか、何をしたら面白いかとか。そういうところから入って、少し慣れたらいかがですかね。一回で完璧に書こうとしないで、とりあえず書けるところまで書いて直すって感じで」

「私をモデルにしてもいいですよ。小説なら、いくらほんとのこと書かれても小説だとみんな思ってくれますもんね」

ぶたぶたが冗談のつもりなのか、そんなことを言った。まさにそれをやろうとしていたのだが、うまくいかないのだ、こんなにキャラが立ってるのに、どうしよう……とも言えずに、その日のランチはお開きになった。


家に帰ってから、そのまんまになっていた食卓の原稿用紙へ再び向かう。

——その人がどういう人かとか、何をしたら面白いかとか。

その人、というのは、ぶたぶたさんだけでなく、主人公も含まれるわけよね。

けど、とりあえずエッセイを書いてしまわなければ。気にしなくていいって先生は言ったけど。


ということで、そこからずーっと書き続け、夕食の支度やら片づけやらしたあとも書き続け、結局徹夜で書き上がったのはいいけれど、何だか異様に長いものになってしまった。規定枚数は原稿用紙五枚以内なのに、四十枚なんて。

それにこれ……エッセイじゃない。けど、小説とも言えるの？　何なの、これ？　しかも、持って帰ってきてしまったぶたぶたさんのエッセイも入れてしまったし。盗作？

いや、盗用か。

とりあえず、今度の講義の時に、磯貝先生とぶたぶたさんに読んでもらおう。何て言われるだろうか。怒られたらどうしよう。

ちょっと怖いけど、楽しみ。

第五回　『紅茶好きの苦悩』

「ぬいぐるみが、いたんだよ」

四月からのエッセイ講座一回目の夜、帰ってすぐに児玉修は妻の俊江《としえ》にそう言った。

「え？」

俊江は怪訝な顔つきになる。

無理もない。そりゃ自分だって最初は信じられなかった。でも、この目で確かに見た。小さなふもふもの手（ひづめ？）でボールペンをぎゅっと握ってメモを取っている姿や、手を挙げて鼻をもくもくさせて発言しているところを。自分にファンタジーやSFの世界など縁がないと思っていたのに、こうまで真正面から来られると信じざるを得ない。

だから、帰りに思い切って「お疲れさまでした」と言ってみたら、「あ、次回もよろしくお願いします」と丁寧《ていねい》に挨拶を返してくれた。孫娘が喜びそうなかわいいピンク色の耳をぺこりと下げて。

「お父さん……何言ってるの？」

俊江は見ていたテレビを消して、修に向き直った。

「同じ教室に、ピンクのぶたのぬいぐるみがいたんだ。それが、けっこう書ける人でね。俺なんかより、ずっとうまいんだ」

話しているうちに、ついにこにこしてしまう。今まで、いろいろな文章の教室に行ったけれども、うまく書けなくて落ち込むばかりで、他の人のことなど気にする余裕がなかったが、初めて話してみたいと思う人ができた。それが、あんなに変わった〝人〟であることが、修はむしろうれしくて、ウキウキしていた。長生きはするものだ。

「お父さん……疲れてるんじゃない？」

俊江がいやに優しい声を出す。

「別にそんなに疲れてないけど」

「お風呂入っちゃえば？　その間、ごはん用意しとくから」

珍しいこともあるものだ。たいていは自分で冷蔵庫のありものを適当につまむ。その間、俊江はテレビを見ているのに。

風呂につかりながら、修は改めて考えた。ちょっといきなりだったかな、と反省する。自分だって、俊江が帰るなり突然「ぬいぐるみがエッセイ書いてた」なんて言ったら、心配をしてしまうだろう。ちゃんと説明をしなければ。

俊江は軽めの夜食とビールを用意して、食卓についていた。テレビは消されたままだ。二人で晩酌《ばんしゃく》なんてのも久しぶりだった。しかもお酌まで。本当に珍しい。しかし、俊江の視線が気になる。さっきの話が原因だろうな、やっぱり。

「お父さん、やっぱりエッセイじゃなくて、小説の教室に戻った方がいいんじゃないの?」

「うーん、まあ、いつかまた通うかもしれないけど」

自己紹介の時にも言ったが、修は元々小説の講座に通っていたのだ。私小説や時代小説、ミステリー、SFの講座にも行った。定年退職後、自分の手で小説を書き上げたい。それが若い頃からの夢だったから、できた時間はすべてそれに注ぎ込んだ。

しかし、情熱だけでは面白い作品は仕上がらない。五年の間に、一応いくつか短編を書き上げはしたが、自分から見てもお粗末なものばかりだ。なまじ読むのが好きな分、書き上がると冷静に見てしまう。書いている間は夢中で、全然わからないというのも皮肉だし、あとから欠点がわかってもそれをどう直したらいいのか、七十にもなるとなかなか飲み込めないのだ。頭では理解しているつもりなのに。

結局わかったことは、頭だけでは小説は書けない、ということだった。エッセイ講座に通い始めたのは、だったらせめて文章だけでも上手になりたい、と思っての方向転換だ。才能に努力がともなえば王になれるが、努力だけでも皇太子にはなれる――好きな作家の言葉だ。努力することにかけては自信がある。仕事だってそれで乗り切って、ここまでのんびりした老後を過ごせるようになったのだ。まあ、家族はそれを「頑固」と呼ぶが。

今回はそれに思わぬおまけがついてきたので、ちょっと興奮しすぎて失敗をしてしまった。さっきの話、どうフォローしたらいいものか、と修は悩む。しかし、今早急に説明をしても、逆効果のような気がする。だいたい、人から聞いたところでとても信じられないだろう。俊江も、多少頑固なところがある。

「今日は早めに寝たら？」

俊江の声は、まだ優しかった。いい考えがなかなか浮かばないまま、修はうなずく。

まあ、むりやり言い訳しても泥沼になってしまいそうだ。多分すぐに忘れるだろうから、ほっとけばいいか。

いつも早めにカルチャースクールへ向かうのだが、二回目の時にはすでに、例の山崎ぶたぶたともう一人、若いOLの女性——江本佳乃が来ていた。

「あ、こんにちはー」

二人とも明るく挨拶をしてくれる。すでに作品を見せ合っているらしい。

「わたしのも、読んでもらえませんか?」

そう話しかけてみると、二人とも快くうなずき、三人で作品を取り替えながら読んだ。

何だか楽しい。今までの講座にも若い女性はいたが、こんなふうにきさくに話すことはできなかった。同年代の男性がいれば何となく話すくらい。その他のどんな人も親切で、冷たくされたりすることなど一度もなかったが、どうも他人行儀で、打ち解けるという雰囲気はあまり感じたことがなかった。まあ、自分としては、なのだが。真面目すぎるのかな、と自分でも思う。飲みに行ったりもしたけれど、文学を語ろうにも相手が乗らないのでは話題もない。

みんな、そんな真剣に物を書こうという気持ちはないのか、と思っていたが、ここは何となく違った。講師の磯貝は若いが、とてもわかりやすい講義をしてくれる。文章に対する批評も、小説ではなくエッセイという観点からだと、かえって参考になる。

パソコンなどにはとんと興味がなかったが、インターネットで作品を公開すれば、日本中、いや世界中の人と年齢や性別も関係なく、興味のあること一つだけでつながることができるという。知識としてはあったが、初めて具体的に頭に入ってきた。それがとても新鮮で、磯貝の話を聞いているうちにやってみようか、と思うようになってきた。物を書く＝文学、と堅苦しく考えていたのは自分の方だったのだ。視野が広がったら、いろいろな話ができるようになったのが、修はうれしかった。

受講者の年齢も境遇もみんな違うが、個性的だ。そしてその中でもとびきり個性的なぶたぶたを中心に話をしていると、自然と話題が生まれてくるようだった。人間でも、こういうふところの深い人はなかなかいない。いい出会いをした、と修は心から思うのだ。

五月に入って、一人娘のまどかからの電話が多くなったような気がする。俊江との長電話の頻度も上がっている。しかも、わざわざ修あてにこんな電話をかけてきた。

「お父さん、元気？」

何だか白々《しらじら》しい質問だ、と思いながら、

「元気だよ」

と答える。

「今度、遊びに行くから」

「うん、いつでもおいで」

そんなこと、いつも断らずに来るくせに、と思ったが、それは言葉には出さなかった。何だろうか。断るならば俊江だろう。修に言っても仕方がないし、何か用事があるとも言わないし。いったいどういうことだろうか。

三回目の講義のあと、帰るなり俊江がたずねてきた。

「お父さん、エッセイ教室どうなの?」

「え、楽しくやってるよ」

「あの……ぬいぐるみがいるって言ってたわよね?」

憶えていたのか。一ヶ月たったから、すっかり忘れたものだとばかり思っていた。

今日は講義の帰り、みんなでファミリーレストランへ行ったのだ。前回は飲み屋だったのだが、今日は十代の篠塚千奈美がいたので。

女性陣はあまり酒が飲めない(千奈美は当然)ようだが、食欲は気持ちいいほど旺盛で、ケーキバイキングや食べ放題の話に花を咲かせていた。近いうち、三人で絶対行くに違いない。

　ぶたぶたは、酒がとても好きだ。特にビール。だから先月、焼酎のうまい店へ彼と磯貝（日比谷正明には断られた）を誘ってみた。案の定、気に入ってくれたようだ。ぬいぐるみなのに（だからこそ？）かなり強く、くいっと一気に飲む仕草が堂に入っていた。

　おいしいものにも目がない。磯貝の話では、かなりの料理の腕前らしい。

「って食べたことはないんですけど」

「ぜひ手料理をごちそうしていただきたいですなあ」

　何だか口説いているようなセリフだが、ぬいぐるみに発しているのがおかしい。

「いいですよ。遊びに来てください。みんなでバーベキューとかしてもいいですね」

　河原でぶたぶたが肉を焼いている様を想像すると、危なっかしくて仕方がなかったが。そこまで仲良くなった彼の存在を否定するのもどうかと思うので、

「ああ、いるよ」

　ちゃんと返事をする。

「ふーん……」

信じていないような顔をしている。だったらどうして急にこんな話をし出したんだろう。

「いつもいろいろ教えてくれるよ」

「……ぬいぐるみが？　先生なの？」

「いや、先生じゃないけど」

「じゃあ、何を教えてくれたりするの？」

「パソコンのこととか」

「ぱそこんっ⁉」

磯貝はもちろんだが、ぶたぶたや佳乃もパソコンにくわしい。初心者の質問にも丁寧に答えてくれるのだ。

「ぬいぐるみがどうしてパソコンのことなんか教えてくれるのよ？」

「それは……」

ちょっと説明が難しいというか、ただ「くわしいから」と言うだけでは俊江は納得しそうになかった。ぶたぶたがぬいぐるみであることを取り消してしまえば話は早い。

「パソコンにくわしい親切な人がいる」というだけのことだ。けれど、もう遅い。取り消すんだったらさっきだった。それを逃したのだから、今更仕方がない。

「なあ」

「何？」

「エッセイ教室に見学に来ないか？　今度一緒に行こう」

とにかく見に来ればわかることである。ぶたぶたの存在がどれだけこの年寄りの頭に刺激を与えているのか、よーく理解してくれるはずだ。

ところが俊江の反応は妙だった。

「お父さん……どうしたの？」

よく考えてみれば、そんなこと今まで——つまりカルチャースクールに通い始めて五年間、一度も言ったことがなかった。だいたい、修からどこかに誘うなんてこと自体、したことがない。何だかいやに優しいことを言ってしまったな、と自分でも思ったのだが、俊江だって夫が通っている講座に興味を持ったことなどなかったではないか。せっかくだから、と思って誘ったのに、何でそんなこと言うのか。

「何だよ、来ないのか？」

「……遠慮しときます」

「まったく。じゃあ何でいろいろ訊くんだよっ」

思わず声を荒らげてしまう。大人げないな、と思って、すぐに書斎へ引っ込んだ。しばらく落ち着くために読書をしてから、階下へ降りていくと、俊江が誰かと電話で話していた。こんな時間だと——まどかだろうか。

「お父さん、少し変よ」

それだけ聞こえたが、修の気配に気づくとあわてて、

「お風呂入っちゃって」

と言う。

確かにぬいぐるみの話は何も知らなければ変だろう。でも、本当のことなのに。信じてもらえないのが、少し淋しかった。

風呂から上がって、寝室へ向かおうとした時、ふと視線を感じて後ろを振り返る。俊江がソファーに座って、顔をこちらに向けていた。すぐに何もなかったかのように座り直す。

「ぬいぐるみ、いるからな」

どうせ否定できないのなら、言い張ってやれ。

俊江の背中が、ちょっとだけ硬直したように思えた。

四回目の講義後の日曜日、修は有楽町にいた。

ぶたぶたと磯貝、佳乃、そして松浦潤子と一緒だった。潤子が突然、

「パソコンを買う！」

と言い出したものだから、修もそれに便乗することにしたのだ。素人《しろうと》二人で買いに行くのはあまりにも心許ないので、ぶたぶたたち三人がついてきてくれることになった。

俊江には何も言っていない。購入費は自分の貯金から充分出せるし、相談も何も、どうせうるさく言われるだけだから。

「パソコンをやるのなら、インターネットもやりたいんです」

潤子が力説している。それは修も同感だった。みんながメールアドレスを交換しているのが、うらやましかったから。この間までメールができなかった篠塚千奈美も携帯電話を持つようになってしまったので、パソコンもアドレスも持っていないのは、修だけになってしまったのだ。

「ノート型がいいですか？　それともデスクトップがいいですか？」

ぶたぶたがたずねる。それすら修には何のことだかわからない。

「持ち歩ける方がいいか、どこかに据え置くか、どっちがいいですか？」

たずね直してくれた。

「ああ、書斎で使いたいんで、据え置きの方がいいですね」

「あたしはノート型にします」

行動的な潤子にはそっちの方がよさそうだ。

売り場に行くと、もうくらくらするほどたくさんの種類があって、修も潤子も立ち往生してしまう。

「やっぱりモニタは液晶の方がいいですよね」

「メモリはどのくらい積みますか？」

「せめてウィルス駆除ソフトは入れないと」

「プロバイダはどうしましょうか？」

ぶたぶたたち三人は、まったく理解できないことを次々としゃべりまくる。

お金を出す当人たちがまごまごしている間に、値段も性能も申し分ない機種を三人が選んでくれた。修は本体と液晶モニタ、それからデジタルカメラとオールインワンプリンタを買った。潤子はノートパソコン以外は迷ったあげく、コンパクトなプリンタだけにした。

磯貝が車で来てくれたので、そのまま荷物を乗せ、修を家まで送ってくれる。しかも、設置や設定の手伝いまでしてくれると言う。もちろん、ぶたぶたも一緒だ。彼が家に遊びに来てくれるとは——それこそ願ったり叶ったりだった。これで俊江を納得させられる。

しかし、荷物を降ろす前に玄関の鍵を開け、

「ただいま」

と声をかけても、返事がない。

「おーい」

しーんとしたままだ。何と。せっかくのチャンスだというのに、どうして誰もいないのだ！　いつもの日曜日なら、まどかが孫たちを連れて遊びに来ているはずなのに。

待たせるのも悪いので、とりあえず磯貝とパソコンを書斎に運び込む。お茶を入れるため台所へ降りた時、念のため一階を見てみたが、やはり誰もいない。

「お庭が広い、きれいー」

女性二人は喜んでいるが、修はかなりがっかりしてしまった。

俊江の携帯に急いで電話してみた。が、留守電サービスにつながっただけだ。くやしまぎれに、

「今うちにぬいぐるみのぶたぶたさんがパソコンの設定に来てくれています」

と入れてやった。

お茶を持って書斎に戻ってから、パソコンの箱を開け、机の上にセッティングし始める。ぶたぶたたちは助けてはくれたが、「自分でやらないと、憶えないですよ」と言われたので、ほとんどは自分でやった。

それでもものの十数分で、新品のパソコンが机の上に鎮座まします。

「電源、入れてください」

ぶたぶたに促されるまま電源ボタンを押すと、すぐに美しい画面がぱっとモニタに浮かんだ。

「これからなんですよね、プロバイダの契約は」

「そうです。家内にはまだ何も言っていないし。でも、今日設定サービスの人がこれから来ることになってるんですけど」

「じゃあ、それまで基本的な使い方だけお教えすればいいですね？」

「あっ、待ってください。ノートパソコンってコンセントつながなくてもできますよね？　ここで一緒に教えてください。今持ってきます！」

潤子があわてて書斎を出て行こうとする。

「ダメですよ、バッテリを充電しないとコンセントなしでは使えませんから」

佳乃の言葉に、

「えーっ」

上品な外見とは似つかわしくないだだっ子のような声をあげる。

「そんなコンセントくらい、どうぞ使ってください」

笑いをこらえながら、修は言う。

「す、すみません……」

結局潤子もこの場で箱を開け、みんなで大騒ぎをしながら、パソコン講座が始まった。

思ったよりもずっと、ずーっと修と潤子の飲み込みは悪くて、笑ってしまうほどだった。

キーボードは一本指だし、マウスをうまく動かせないし、ダブルクリックも遅いし。

しかし、三人とも驚くほどの粘り強さで二人の若くないパソコン初心者につきあってくれた。

途中でやってきたプロバイダ設定サービスの若い男性を書斎に招き入れ、ぶたぶたが動いたのを見た時の顔が忘れられない。別にだますつもりはなかったのだが、ぶたぶたはその時、パソコンのマニュアルを熟読していたのだ。男性が、

「このマニュアルの中のですね――」

と言ってぶたぶたから取り上げようとしたら動かなかったので、そのまま二人とも固まってしまった。先に手を離したのはぶたぶたで、その時男性は、

「あ、どうも」

と言ったのだが――そのあと、しばらく気絶したんじゃないかと思うくらい、動かなかった。

「ぶたぶたさんとあの人が、入れ替わっちゃったんじゃないかと思いましたよ」

あとで佳乃が言っていた言葉が、ぴったりの状況だった。

とはいえ、彼も仕事で来たわけなので、多少おっかなびっくりしながらも丁寧に教えてくれ、麦茶を三杯飲み干して、帰っていった。

インターネットにつながり、磯貝のホームページが見られた時の感激は忘れられない。

ついこの間までまったく興味もなく、自分にできるとも思わなかったことが、手伝ってもらったとはいえ、できるようになった。しかも、初めてのメールはぶたぶたからのもの。ケータイからその場で出してくれたのだ。

「じゃあみんなで」

磯貝も佳乃も潤子も、ケータイからメールを出してくれた。試しとはいえ、そこにいるのに出すメールとは、何だか変な気分だった。

「じゃあ、さっそく返事を」

ゆっくりゆっくり、メールソフトの使い方と文字の出し方を教わりながら、まずぶたぶたに返事を書いた。

「あ、来ましたよ」

携帯電話とパソコンもつながっているんだなあ、と修は改めてびっくりしていた。

しかしそれにしても、俊江は全然帰ってこない。まったくしゃくにさわるったらない。何だか最近、遠巻きに見られているようなのも気になる。メールでも出してやろうかと思ったが、そういえば俊江のアドレスなんか知らないのだった。

修がパソコンのだいたいの設定と基本的な使い方がわかった（つもりになった）とこ

ろで、今度は潤子の家に移動した。せっかくつきあってくれたので、食事をごちそうしてくれると言う。もちろん修まで。そういうところに自分は全然気がつかない。

「いえいえ、児玉さんはいつも幹事とかやってくださってるし」

それはでしゃばりで仕切屋なだけ、と思うが、他にお礼のしようがない。本当に河原でバーベキューを企画しよう、と決心する。

「ごちそうと言っても、作るのはあたしじゃなくて、家で留守番してる家族なんですけどねー」

そう言って潤子は楽しそうに笑う。

松浦家では家族が総出で出迎えてくれた。うらやましい。みんなぶたぶたに会えるのを楽しみにしていたと言う。何をごちそうするのか、食事当番の三人はずいぶんと悩んだそうだ。

子供たちがすでにインターネットに接続していたため、プロバイダの契約もすんでおり、食事をしながらメールを打ったり、インターネットをのぞいたり、これまた大騒ぎになった。修のパソコンには電話線のようなものを接続したのに、潤子のパソコンは何も接続しなくてもネットへつながるのに驚く。

「無線でつながってるんですよ。家の中、どこででもネットができるんです」

そうぶたぶたに言われても何だかわけがわからないが、世界が広がる感じはよくわかった。


松浦家でのおいしいごちそうと酒を堪能し、磯貝に送ってもらって家へ帰ると、かなりの時間になっていた。でも家の灯りはついている。先にぶたぶたが降りてしまったのは惜しかったが、まだいたとしてももう引き留めるのには遅い。

磯貝に今日のお礼を言い、車を見送ってから玄関のドアを開けると、俊江がもう上がり口に立っていた。そして、

「お父さん、何なの、あのダンボールは！」

廊下の端にたたんで置いてあるパソコンの箱を指さし、叫ぶ。

「何って……パソコンだよ」

「買ったんですか⁉」

「買ったよ。書斎にある」

俊江にぴかぴかの新品パソコンとプリンタを見せびらかす。多分、もうとっくにのぞ

いていただろうが。

「いくらしたの、これ？」

金額を言うと、俊江の目がつり上がった。

「高いじゃないですか！」

「そんなことないよ。かなりお得だって言ってた」

「誰が⁉」

「つきあってくれたエッセイ講座の人が」

「……まさか、それもぬいぐるみだって言うんじゃないでしょうね？」

「いたけど」

「まああ！」

俊江はばたばたと書斎を出て行ってしまう。別にぶたぶただけじゃなくて、他に人間がいたのに――。

俊江を追って廊下へ出ると、電話をかけようとしていたのか、ケータイを持ってうろうろしていた。

「他にもちゃんと人間がいたよ」

「お父さん！」

俊江は泣きそうな顔になっていた。

「留守電にまでぬいぐるみのことを……」

「うん。だって来てたから」

「いないじゃないですか⁉」

「だって、そのまま他の人の家に遊びに行ってしまったから——あ」

デジカメで撮った写真があった。必死で操作を思い出し、みんなで撮った写真を俊江に見せるが……デジカメの液晶では小さすぎて何が何だかわからないし、ますます怪訝な顔をされるだけだった。

「何でパソコン買うって言わなかったの⁉」

「だってどうせ反対するだろ、お前」

「そんなことしないわよ」

いや、絶対すると思ったが、それは口に出さない。

「勝手にこんなものだまされて買って——」

「だまされてないよ。自分が欲しくて買ったんだ！」

何という言いぐさだろうか。

「だってほら見ろ、メールだってもう来てるんだぞ」

あたふたとパソコンを立ち上げ、メールソフトの受信トレイを開いた。

「あ、ぶたぶたさんから新しいメールが届いてる。ほら、見てみろよ」

いやがる俊江の顔をむりやりディスプレイに向けさせる。


こんにちは。先ほどはありがとうございました。今日はお疲れ様です。

松浦さん宅でいただいた料理、とってもおいしかったですね。レシピをいくつかもらいましたよ。松浦さんにはこれからお返しのレシピをメールで送ろうと思っています。

それからお約束のボツエッセイ、お送りします。児玉さんが紅茶党とは知りませんでした。女性陣も好きみたいだし、今度東京でのお気に入りの店を教え合いましょう。

感想をいただけるとうれしいです。ゆっくりでいいですからね。

それでは、よろしくお願いします。

というメールの文面に続いて、

山崎ぶたぶた

という署名がついている。

「何これ……」

「いいから、続きを読んでみろよ」


私はお茶が好きだ。

日本茶も紅茶も中国茶も、何でも飲む。もちろんコーヒーも好きだ。

お茶で一つ困るのは、茶渋が激しく残ることである。人間も歯に着色するというが、私はどう気をつけても布に染みるので、気をつけて飲むにしてもなかなか難しい。一番いい方法はストローで飲むことなのだが、冷たいのならまだしも、温かいものをストローで飲むことほど味気ないことはない。「熱いからダメ」と言う人もいるが、幸い私は火には弱いが、熱さには強いので、それは大丈夫。だからと言ってストローで飲むのはごめんこうむりたい。私もこう見えて、一応大人なので。

家で飲む時、お茶を入れるのは私の役目だ。コーヒーは妻。どっちの入れ方がおいしいかちゃんと調べた結果だ。それに、おいしい茶葉、豆を選ぶ時の厳しさも、私と妻では違う。私はお茶にうるさく、妻はコーヒーにくわしいので、結果的においしくてお得なものを仕入れられるのである。

しかし、私の一番のお気に入りの紅茶専門店は、東京にはない。それは、大阪の堂島《どうじま》にある。昔は仕事でよく行っていたのだが、最近はめったに行けない大阪。食べ物は安くておいしいし、人々はエネルギッシュで、私のようなぬいぐるみを見てもそんなにびっくりしない街、大阪。

そのお店を知ったのは、まだそれほどインターネットが普及していない頃だった。いや、パソコン通信の頃である。友だちからのメールに、その店の名前と「堂島」という地名が書かれていたのを、大阪に行ってから思い出した私は、住所も何も知らず、誰にも尋ねず、駅や道端の地図だけを頼りに、見つけ出したのだ。友だちには、「よくあれだけで見つけたね」とあきれられるやら感心されるやら。

その頃は知らなかったが、実は紅茶好きの人には有名なお店なので、今ならばネットで検索すれば住所も電話番号も地図もすぐにわかる。それを頼りに行けば、難なく見つかったはずなのだが、何しろその頃はそうではなかった。しかも堂島というところは静かなオフィス街で、時間帯も悪かったのかあんまり人が通らなくて、人に訊きたくても訊けなかったのである。声をかけたら「ぎゃあああっ」と叫んで逃げていってしまった人が一人だけいたが。

実は梅田の地下街をたどって行った方が楽、というのに気づいたのもだいぶあとだった。

でも、苦労して行き着いたお店で頼んだヴィンテージ・ウバとそば粉のパンケーキのおいしさは格別であった。その当時、店は地下にあり、お客さんもあまりいなくて、静かに流れるクラシックにのんびりとした気分を味わったものだ。店主の男性は私を見てもさほど驚いた様子はなく、帰る時も「またいらしてくださいね」と言ってくれた。あとで聞いたら本当はかなり驚いていたらしいが、我慢していたそうだ。

「我慢してなかったらどうなってたんですか？」

「そりゃ思う存分こねくり回してましたがな」

我慢してくれてよかった。

それから大阪へ行くたびに必ず寄るようになったが、現在の店舗に移ってからはまだ二回しか行ったことがない。今はものすごく混んでいて、行列ができることもあるそうだ。

そこでしか買えない農園の紅茶が切れてもう久しい。今の時期は、そろそろ夏みかんのゼリーが店に出る頃だろうか。

またあの店へ行って、おいしい紅茶と手作りのお菓子をいただきたい。たとえあとで漂白剤につからなくてはならないほどの茶渋がついても、カップでちゃんと味わいたいものだ。

「お父さん……これは小説？」

俊江の反応は思いもよらないものだった。

「小説じゃなくて、ぶたぶたさんから来たメールなんだって」

「だって、ここ――」

俊江が指さしたのは、メールのタイトル部分だ。ぶたぶたが行ったという店の名前が記されている。

「あなたが大阪に出張すると寄ってた紅茶専門店のことでしょ？　あなたが書いたんで

しょう?」

「いや、そうじゃなくて、元々有名な店なんだよ」

「小説の書きすぎよ……」

「最近小説はほとんど書いてないけど」

「自覚がないのね……」

俊江はがっくりと肩を落とした。

「おい、何か……誤解してないか?」

俊江は何も言わずに、また書斎を出て行ってしまう。廊下で電話をかけ始めた。

「お父さんが変なの……やっぱり病院に連れて行った方がいい?」

「ちょっと、病院って何だよ」

俊江がぐいっと携帯電話を差し出す。あまりの勢いに受け取って耳に当てると、

「お父さん? 病院に行って検査してもらおうよ」

「何の検査だ?」

まどかは黙り込んでしまった。

「痴呆のか?」

「……そうよ」

やっと白状した。

「あのなあ……どうもこの間から変だと思ってたけど、そんなこと二人で考えてたのか」

「変って、大切なことでしょ！　早めに治療すれば治るものもあるんだよ！」

「だから、それが誤解なんだよ。俺はぼけてなんていない」

これが誤解を生むのか、と思ったが、やはりそうだったらしい。

「お父さん、お願い。病院に行こうよ。ね？　一度検査するだけでもいいから」

ふと気づくと、俊江が泣いているではないか。説明をしてももう泥沼にしかならないだろう。否定をすればするほど疑われてしまう。やれやれ。歳を取るとなかなか面倒だ。

「そんな必要ないよ」

それでもそう言わずにはいられない。だって本当に必要ないから。

そしたら二人とも、もう泣くわわめくわで、どうにも収拾がつかなくなってしまった。

返事をうやむやにしてお茶を濁し、その晩は何とか電話を切り、俊江を寝かしつけた。

そのあとはマニュアルやメモを片手に、パソコンの勉強だ。というか、ぶたぶたや磯貝たちへメールの返事を書いてみた。一人でもゆっくりなら何とかなるではないか。新たな自信が湧くのを感じた。

ぶたぶたへは、こんなメールを出してみた。

あなたのことを家族にちょっと話したら、それがだんだん大ごとになってしまい、私にとってもあなたにとっても失礼なのですが、私が『ぼけている』ということになってしまいました。検査を受けろと家族からやいのやいのと言われてほとほと困っております。

次の日、まどかが朝から家にやってきて、俊江とともに「検査をしろ」と雨あられのように言われ続けたが、修は断固拒否し続けた。家の中に険悪なムードが漂うが、パソコンの勉強がしたいので外出もできない。書斎に籠城《ろうじょう》するしかなかった。

ところが、午後にぶたぶたからこんなメールが届いて、修の気持ちは一変する。

ご家族は児玉さんのお身体を心配しておられるのですから、健康診断を受けるという感覚でご家族のおっしゃるとおり、一応の検査を受けられてはいかがでしょうか。痴呆がないから、他のご病気もないとは言い切れないでしょう？　検査をすればご家族も安心されるでしょうし、いい機会だと思いますよ。

なるほど、健康診断か。そういえば、しばらくしてなかったし——たまには行かないとな。

「検査を受ける」と俊江に伝えると、少しほっとしたような顔になった。だが、

「どうして検査を受ける気になったんですか？」

と訊かれたので、

「ぶたぶたさんが健康診断のつもりで受けたらどうかってメールくれたから」

そう言ったら、また泣きそうな顔になった。だんだん悪いことをしているような気分になってきたのはなぜだ？

三日後、俊江とまどかに連れられて総合病院で検査を受けた。ここの病院は、数時間で検査結果がわかる。結果はまったくの異常なし。多少血圧が高めなだけで、脳にも内

臓にも、何も悪いところは見つからなかった。痴呆の兆候すらない。

　これでようやく納得するだろう、と思ったら、やけに二人の表情が暗いではないか。

「いったい何が不満なんだよ。身体はどこも悪くなかったぞ」

「身体が悪くないのだとしたら……やっぱり……」

　また俊江がさめざめと泣き出す。まったく……どうすりゃいいのだ。

「お父さん」

　まどかが決然とした声を出す。

「これから精神科に行くから」

「……何だって？」

「精神科で診《み》てもらいましょうよ」

　さすがの修も、これには激怒した。立ち上がって怒鳴り散らしてしまう。

「バカにするな！　年寄りが見たものみんな病気にされてたまるもんか！　お前たちが信じてくれないからじゃないか！　どうして確かめないんだ。一度来りゃあいいじゃないか！　自分の目で見てみろ！」

　そのまま、修は病院から飛び出した。

外には、すがすがしい風が吹いていた。空は青く、白い雲が目にしみる。去年までとは違う空気が修を包んでいるというのに、何で家族はあんなことを言うのだ。

この二ヶ月、今までにない得がたい気持ちを味わってきた。いろいろなことが自身の中で覆《くつがえ》り、常識の範疇《はんちゅう》から逸したものを自然と受け入れる自分が今いる。もう二度と手に入らないとあきらめていたものが、すでに手元にあったと、ある時気がついたのだ。だから、あの時——初めてぶたぶたを見た時、分かち合いたい、と思ったんじゃないか。家族と。

それとも、手に入れたもののかわりに、俺は何かを失ったのか。

そんなバカな。

俊江とほとんど会話をしなくなり、家の中が沈みきっていた。このままでは、妻の方が病気になってしまう。

しょうがない。修は、ある決心をした。

「出かけるぞ」

ソファーでぼんやりしている俊江に声をかけた。

「え？」

「いいから、ついてこい」

むりやりひっぱって、家を出る。途中で俊江のケータイから、まどかに電話をした。

「お前も今から出てこい」

「何言ってるの。これから夕飯の支度しなきゃ――」

「いいから黙って来るんだ！」

返事も待たずに、電話を切ってしまう。

まどかが果たして素直に来るかどうか。俊江は不安そうな顔のまま、何も言わない。

二人で黙って電車に揺られ、カルチャースクールへ向かう。今日はエッセイ講座の五回目なのだ。

ロビーではまどかがもう待っていた。明らかに腹を立てている。

「何なの？　どうしてこんなとこに呼び出したのよ。子供預ってもらうの、大変だったんだから」

「来ればわかるよ」

俊江をもっとしつこく誘えばよかった。まどかと一緒に、こうやってむりやりひっぱってくればよかったのだ。二人とも、自分とはタイプの違う頑固者だとわかっていたのだから。

受付で、二人の見学の手続きを取る。

「今日もいっぱい見学者さんいらっしゃいますよ」

受付の女性はうれしそうだ。

二人をともなって教室へ入ると、すでにぶたぶたさんが来ていた。潤子がこの間買ったノートパソコンを持ってきていて、それをのぞきこんでいる。

「あ、こんにちは、児玉さん」

鼻先をもくもくさせて挨拶してくれる。

「こんにちは、ぶたぶたさん」

どうだ、と言わんばかりに振り返ると、俊江とまどかは呆然とした顔でこちらを見ていた。

ぶたぶたが机から飛び降りて、とととっと修の方にやってきた。

「いかがですか、パソコンの調子は」

「何とかやってますけど、まだ作品書けるほどタイピングが早くなくて——今日はまだ手書きです。でも、あとで清書して保存しておきますよ」

「そうですね。そうやって入力していけば慣れてくるし、そのうち考えながらキーを打てるようになりますよ」

受講生みんながぶたぶたと親しげに挨拶を交わし、千奈美にいたってはぎゅーっと抱きしめる。それを目の当たりにして、後ろの二人はどう思っているのだろうか。

二十分ほどで見学者は外へ出て行った。当然、俊江とまどかもだ。

休憩時間に外を見ると、二人とも廊下のベンチに座っていた。なぜか無言だ。

「ぶたぶたさん」

「はい、何ですか？」

「この間留守にしてましたけど、うちの家内と娘が今外にいるので、ご紹介します」

夫が、父が連れているかわいらしいぬいぐるみを見て、俊江とまどかはひきつったような笑いを浮かべた。

「はじめまして。この間は留守中にお邪魔してしまいまして、申し訳ありません。山崎ぶたぶたと申します」

いたって普通の挨拶を渋い声でされて、二人ともしどろもどろで返事をする。

そのあと、磯貝や潤子や佳乃も挨拶に訪れる。自分たち以外、ぬいぐるみに何の違和感も抱いていないということは、充分わかったようだった。

そろそろ休憩時間も終わりだ。

「どうする？　もうしばらく待って、一緒に夕飯でも食うか」

二人とも、無言でうなずいた。

「ぶたぶたさんも誘うか？」

ぶるぶるとすごい勢いで首を振った。

「ああもう……あたし病院行こうかしら……」

教室に入る時、まどかのつぶやきが聞こえた。ちらりと振り向くと、俊江がまたすごい勢いでうなずいている。

うーん……まだ道のりは遠いか？　でもこれで、少なくとも修が嘘も妄想も言っていない、というのはわかったはずだ。次回も連れてこよう。そうだ、講座にも入れてしまえ。いやがってもむりやり。絶対。

第六回『今までで一番怖かったこと』

日比谷正明の最近の楽しみと言えば、エッセイ講座に通うこと。

しかし、それは誰にも内緒のことだった。妻にも同僚にも、友だちにも言っていない。

本当は、『ミステリーの書き方』という講座に行きたかった。読むのは好きだし、新人賞もたくさんあるし、一発当ててやろうと思うならばやはりミステリーだろう、と考えたのだが――さすが有名作家の講座だけあって、すでに二十名の定員は埋まっていた。

それどころか、キャンセル待ちが何人もいるという。これにはたまげた。キャンセル待ちという概念が、カルチャースクールにも存在するとは。

それで、とにかくミステリーの講座はあきらめたのだ。小説の講座は他にもいろいろあったが、私小説を書く気もなかったし、歴史にも疎《うと》いから時代小説もだめだ。

そんな中見つけたのは、『日記エッセイを書こう』という講座。講師の磯貝ひさみつの名は知っていた。本を読んだことがあるし、ウェブ日記もたまにのぞく。掲示板などに書き込んだことはなかったが。

別のカルチャースクールでミステリーの講座に通おうと決心しかけていた気持ちがそこで揺らぎ、何となくその講座に申し込んでしまった。

まあ本音を言えば、どこでもよかった、とも言える。家に帰るまでの時間が多少なりともつぶせれば。半分ヤケになっていたから。

正明は、会社でリストラ対象者のリストに入ってしまっていた。春の異動で、「そこへ行くとリストに載っている」ということが暗黙の了解になっている部署に配属されたのだ。一日中、パソコンの前に座り、新しいデータがあれば入力し、なければあとは古いデータのチェックや削除を行うデータ管理部。その二課。だが、実際に新しいデータを入力しチェックを入れるのは一課の方で、二課の存在は単なる「念のため」でしかない。実際新しいデータ入力の仕事は今までに一度もなく、ひたすらパソコン画面と印刷されたものを見比べるだけの毎日だ。しかも、間違いは一つとして見つかったことはない。一日の仕事は午前中で終わってしまうし、あとは何もすることがない。

ある一定の期間が過ぎると会社から勧告されるらしいが、それまでいた人間はいない。そこにいる間――つまり猶予期間内に辞める方が少しは得だからだ。そこにいる間に就職活動をして、うまくいけば辞めるし、うまくいかなくても辞めるしかない。選択肢は残されていないのだ。

正明への時間も、多分秋までだろう。冬までは保《も》たない。それまでの間、何をするか。午後勝手に抜け出しても文句は言われない。職安に行ってもいいし、友人や先輩などのつてを頼るか。早く動かなければ、時間はどんどんなくなる。

だが正明は、今のところ何もしていない。家族にすら言っていない。早く帰宅して妻に怪しまれないための方法の一つとしてカルチャースクールへ入っただけだ。

早く次の仕事を決めなければ、という焦りはもちろんある。息子たちもまだ小さい。せめて大学までは行かせてやりたい。

頭でそう理解していても、自分がリストラされるショックから、まだ立ち直れていない。変なプライドに縛られているだけだと、これも理屈で理解している。自分のことしか考えていないしょうもない男なのだ。

無口で無愛想でも、この真面目さがあれば大丈夫だと何の根拠もなく思っていたことがわかったのが一番のショックだったのだ。本当の苦境に陥《おちい》ってみなくてはわからなかった自分の無防備さが腹立たしかった。いい歳をして、あまりにも世間知らずだったのだ。

カルチャースクールに入ろうとしたのだって、最初は「作家にでも転職してやる」という気持ちからだった。小説どころか、まともに人に読ませる文章も書いたことがなかったし、読むのが好きでもとても遅読で、「本好き」という人と話したり、ネットのサイトを見たりしていると、自分の読書量がとても自慢できるものではないと思い知らされる。なのに「作家にでも」だなんて。やはり、何も知らなすぎる。

講師の磯貝はどちらかというと若い人に人気のファンタジーやミステリーを書いていて、本やサイトの印象では軽そうな雰囲気だったが、実際はとても勤勉で、書くことに真摯であり、好奇心と行動力にあふれている。講義の最中に、どうやって物書きになったのか、という話をしていたが、彼も元々は会社員で、二十代の頃、忙しい仕事の合間を縫って書いた原稿を出版社に持ち込み続け、それでデビューをしたそうだ。

「でも作家って、本当はなってからの方が大変なんです」

作家であり続けることへの地道な努力が必要らしい。会社員であり続けることへの努力――そんなもの、意識したこともなかった。仕事はきちんとしてきたつもりだったのだが、それでは足りなかったのか。

エッセイ講座は、課題を出しても出さなくてもいい。磯貝がそれに言及することはない。だが、回を重ねるごとにみんなちゃんと課題を出すようになった。それぞれが打ち解けて、休憩時間もにぎやかだ。なぜか見学者も増えた。どこからか噂を聞きつけたのか、それとも受講者の知り合いか？

何となく華やぐ教室に、正明は居心地悪さを感じていた。なかなかなじめないのだ、こういう和気あいあいとした雰囲気に。特に、その中心にいるあの――山崎ぶたぶたという名のピンクのぶたのぬいぐるみに。

彼は――彼なのだ、驚くべきことに――バレーボールくらいの大きさで、そっくり返った右耳も突き出た鼻先も、すべての動作がかわいらしく、愛すべき存在だ。誰とでも仲良くなれるし、相手に気を遣い、気を遣わせない配慮に長《た》けている。正明とは対極にいると言ってもよかった。外見も、中身も。言動や声から、多分同年代であろうと思われるのに。

講義はまだ始まっていなかったが、すでに何人か見学者が教室に入っていた。だいたい二十分くらい見学できるそうだ。女性の方が多いが、男性もいる。目当ては――わかっているけれども、純粋に講義を見学したいという人はどれくらいいるだろうか。

ぶたぶたはいつものように後ろの方の席におさまって、他の受講者と話をしていた。あんな小さな点目なのに、どうしてあんなに後ろに座るのだろう。ちゃんと見えているのかな。

ふと後ろの出入り口付近に目をやると、ちょうどあたふたと一人の女性が入ってくるところだった。見学者かな。なら、そんなにあわてなくても——と思った瞬間、

「正明さん！」

その女性と目が合い、名前を呼ばれた。

「何してるの、こんなとこで⁉」

妻の薫《かおる》だった。その質問、そっくり返したい。どうしてお前がこんなところに？

薫は正明を廊下に引きずり出すように連れていった。

「残業なんて嘘だったのね」

そう言われて、返事もできない。

「会社に電話したら、『定時に退社した』って言われたのよ。毎日そうなんでしょ？」

うなずくのがやっとだった。

「ここにだって毎日来てるわけじゃないんでしょ。いつもはどこで時間をつぶしてるの？」

「パチンコしたり……図書館に行ったり……マンガ喫茶とか……」

公園でただぼーっと座っているだけの時もあった。あまり酒も飲めないから、そういうところへは人と一緒でない限り行かないし、そんなことはめったにない。この講座の帰りに誘われて、一、二回行っただけだ。だから、薫も「残業」という言い訳を信じていたのだ。

「あ、あの……」

背後から磯貝がおそるおそる声をかけてくる。もう講義が始まる時間だった。

「すみません……わたしのことはかまわず、始めてください」

正明はそう言って頭を下げる。

「そうですか……」

心配そうな顔で、磯貝は教室に入っていった。恥ずかしくて、ちゃんと顔を上げることもできない。でも、どうして？　なぜここが薫にばれたのか。

「何でここが――」

「電話かかってきたのよ、昨日。あなたの忘れ物があるから、受付に取りに寄ってくださいって。憶えはないの？」

ああ、そういえば……入社当時から使っていたペンケースがないな、とは思っていた。帆布《ほぬの》でできていて丈夫だが、さすがに使い込んでぼろぼろになった筒状のものだ。昔はそれに必要な筆記具をぎっしりと詰め込んでいたが、今はほとんど何も入っていない。百円のボールペンとシャープペンだけ。赤ペンさえない。ここでなくしたとは思わなかった。というより、なくしたことがまったく気にならなかった。もうなくても全然困らない。会社の備品ではなく、自分が使いやすい筆記具を選ぶ楽しみもとうにない。

「そうか……」

「森島さんの奥さんから聞いたわよ」

森島は、元の部署にいた同僚だ。同期で、上の子供の歳が同じなので、社宅にいた頃は家族ぐるみでつきあっていた。異動になってからは会っていない。

「口止めされてたみたいだけど、聞き出したの。あなた、こんなとこ来て、時間つぶしてるヒマなんかないんじゃないの？　これからどうするつもり？　新しい仕事のあてはあるの？　家のローンとかどうするのよ——」

矢継ぎ早の質問に、正明は何も答えられない。まったくもって正論であり、そんなヒマはどこにもないのだ。ここに来たって、なじめないことを再確認するだけ。趣味にもならないことをちまちまやってどうなる。

早く、次の仕事を見つけなければ。

薫は、ひとしきり言葉を投げつけたあと、

「先に帰ってるから。ここ、ちゃんとしてきてよ」

と言って去っていった。

荷物は中に置いたままだ。休憩に入ったら取りに戻って、すぐに帰ろう。どうせ今日が最後の講義の日なんだから。

廊下のベンチに座って、手のひらに顔を埋めた。三ヶ月近くも無駄な時間を過ごしてしまったのだ。それが、妻にばれてしまった。顔向けできない。もう逃げられない。そんな言葉ばかりが、頭の中をぐるぐる回る。

どのくらいそうしていただろう。廊下が少しざわめき始めた。休憩時間になったようだ。

早く荷物を取りに戻って帰らなければ、と思って顔を上げても、なかなか身体が思うように動かない。

じっと前を見つめたままでいると、隣に何かが座る気配があった。顔を向けると、ぶたぶたの点目が正明を見つめていた。

「すみません。忘れ物を届けたのは、わたしなんです」

鼻先をもくもくさせながらそう言う。こんな間近で見たのは初めてだったので、しばし返事を忘れて見とれてしまう。リストラなんてひどくリアルな状況にいる自分と生きているぬいぐるみの組み合わせが、滑稽《こっけい》でたまらなかった。

「前回の講義の時に見つけたんですが、その時受付に預けるのを忘れていて。昨日原稿を提出する時に持ってきたんですよ。今日、もしわたしが来られなくなったりしたら困ると思ったんです。直接お渡しした方がよかったですかねえ」

困ったような顔でそんなことを言った。

「いえいえ、そんなこと……」

そこまで言って、そのあと、大きな大きなため息が出て、肩ががっくりと落ちる。

「別に、届けてくれなくてもよかったのに……」

「え？」

「もう、あれはいらないものだったんですから」

何を言ってるんだ、俺は。この〝人〟は、親切で届けてくれただけなのに。こっちの状況など、何も知らない。誰にも内緒で通っていることを言っていれば、ここで渡してくれたはずだ。秘密にしていたことと、不注意でペンケースを落としてしまった自分が一番悪いのに……どうしてこのぬいぐるみに当たっているんだ。

「余計なお世話ですよ、まったく」

それでもそう言い捨てた正明は、教室にずかずかと入り荷物を取った。

「ありがとうございました。最後までいられなくてすみません。先生もお元気で」

そう磯貝に言って頭を下げ、彼の呼び止めも無視して、廊下へ出た。うつむき、誰の顔も見ないまま、カルチャースクールをあとにする。

駅へ向かう足取りが、次第に重くなった。何をしてるんだろう、俺は。情けなくて、涙が出そうだった。

異動が決まった時から、場当たり的な行動しかしていない。もっと冷静にならなくちゃ、と思いつつ、気力が湧かなくて、人に迷惑をかけて……。

どんどん足取りが遅くなる。うつむいて歩いているから、人がどんどんぶつかってくる。

やがて、正明の足は止まった。雑踏の中で立ち尽くす。

「日比谷さん」

優しい声で名前を呼ばれて、正明は思わず振り返る。ぐしゃぐしゃの泣き顔で。

「……ぶたぶたさん」

「やっぱり、落とし物はお返しした方がいいと思って」

ぶたぶたは、小脇に正明のペンケースを抱えていた。身体の半分くらいありそうではないか。それがおかしくて、ついくすっと笑ってしまう。

「どうぞ」

濃いピンク色の両手で丁寧に差し出すペンケースを、正明は屈み込んで受け取った。

中身がほとんど入っていないボロボロのペンケースは、ぺしゃりと正明の手の中でしぼんだ。

「古そうですけど、大事に使われてたみたいですね」

「そうですね……初めてのボーナスで関西旅行に行って……京都でこういうのを手作り

してる店に偶然入って、それで買ったものです」

ペンケースをポケットに突っ込みながら、素直に答えることができた。

丈夫だし、汚れたら洗濯機でがしがし洗える。パソコンを使うようになって、少し持ち歩く筆記具も減ったが、文房具を見るのも買うのも好きだったから、その日の気分でお気に入りのペンや文具を入れ替えたりして使っていたのだ。

この間、家にあった使わない筆記具をまとめて捨てた。使えるのも使えないのも一緒くたに。こんなにあっても使わないことがもうわかったからだ。妻は、「机の上が片づいた」と喜んだが、正明の複雑な思いがあったとは夢にも思わなかったろう。

雨がぽつりぽつりと降ってきた。

「あっ……」

ぶたぶたが濡れてしまう。でも、傘を持っていなかった。傘があったところで、道の跳ね返りで結局は濡れてしまいそうだったが。

正明は、自分でも思いがけないことをした。ぶたぶたをそのままひょいと抱え上げ、駅まで走った。出入り口付近にある何だかわからないブロンズ像の足元に、彼を乗せた。

「あ、ありがとうございます」

ぶたぶたもびっくりしたようだった。

「いいんです」

こんなの、何もしていないのと同じだ。

雨は、あっという間に本降りになってきた。人々が急ぎ足で駅構内に駆け込んでくる。

正明は、ブロンズ像の足元に腰をおろした。

「帰らないんですか？」

廊下で妻と話していることを聞かれてしまったのだろうか。ぶたぶたは心配そうな顔で訊く。そりゃあんなに大声で話していたら、誰にだって聞こえる。

「帰りたくないですね」

妻に責められるのは目に見えている。親や兄弟からもいろいろ言われるだろう。一番とがめられるのは多分、ずっと黙っていたことだ。言いにくいというのは誰でも理解できるだろう。ただ、どうしてエッセイ講座なんかに入っていたのか。それを多分訊かれる。

だが、自分でもよくわからないのだ。磯貝の名前を知っていたからなんて、理由にならない。彼は正明のことを知らないんだから。

「ぶたぶたさんは、帰らないんですか？」

「ああ、わたしは大丈夫ですよ。時間ありますから」

つきあってくれるつもりなんだろうか。家に帰れない、子供のような男に。と言っても、話すことなど何もない。ぶたぶたも何も言わなかった。でも、気まずくはない。彼は待ってくれているのだ。正明が話したくなるのを。

「ぶたぶたさんは、お義母さんのかわりにエッセイ講座に来て……何が一番よかったと思いましたか？」

糸のように落ちてくる雨をずっと見ていたら、ようやく正明の頭に一つの質問が浮かんだ。

「一番よかったことですか？　うーん……友だちが増えたことですかね」

本当に、彼は人とすぐ仲良くなれる。正明には絶対に真似できないことだった。彼のような外見だったら、人生はもっと変わっていただろうか。

「ぶたぶたさんはかわいらしいですから、とっつきやすいんでしょうね」

「そうですかね？　でも、そういうことばかりじゃないんですよ」

ぶたぶたの点目が、じっと正明を見つめる。

「今日は、本当はこっちのエッセイを出そうと思っていたんです」

カバンの中に、今日の作品集が入っている。テーマは、「今までで一番怖かったこと」。正明は書けなかった。今が一番怖いから。つらいと思ったことはあっても、怖いと思うなんて初めてかもしれない。

ぶたぶたの作品は、アルバイトで定食屋で働いていた時、燃えそうになったことだった。でも、一番楽しかったバイトだったそうだ。

「でも、みんなが引いてしまうかな、と思ってやめたんですけど」

ぶたぶたが差し出した原稿用紙を手にとって、目を落とす。

読み始めると——いきなり周りが変わった気がした。しゅううううっ——世界は音を立てて大きくなり、自身は小さくなっていく。

人々の足ばかりが見える世界に、自分はいた。

正明は、ぶたぶたになっていた。

足元しか見えない世界は、まるで這いつくばっているようだった。背中にぐんっと力がかかる。小さなリュックなのに、ひどく重かった。バランスを取るのが難しい。

人波で前が見えず、どこに何があるのかわからない。案内板も見えない。信号も、人が歩き出したら急いでついていかなければならない。ずっと上を向いているから、首が疲れる。

切符や定期を自動改札に入れたり、かざしたりするため、思いっきりジャンプをする。少しでも助走をつけられればいいが、つけられなければ失敗する時もある。後ろの人に悪気がなくても、踏んづけられてしまうこともある。

晴れている時ならまだいいが、雨の日は下が汚れているから、転んだら身体も汚れる。お腹についた大きな染みを見つめて、正明は呆然とした。水飲み場で染みを拭きたいと思っても、水道に手が届かない。リュックの中からウェットティッシュを出して、間に合わせのように拭いても、染みは取れない。ウェットティッシュさえ、重いと感じるとは。

歩いていれば、火のついたたばこの吸い殻が落ちてきたり、ゴミが目に当たったりする。それだけでなく、自分がゴミと間違われて、ゴミ箱に入れられてしまう時もある。重いふたをされると、なかなか外に出られない。棺桶《かんおけ》に生きたまま閉じこめられているようだ、と正明は思う。

世の中は親切な人ばかりではない。後ろから蹴って平然としている人は、もしかして気がついていないだけかもしれないと思うこともできる。だが、前からまっすぐこちらを見つめながら歩いてきて、そのまま思いっきり蹴り飛ばす人もいるのだ。ぽーんと軽く遠く飛んでいく自分の身体に、正明はめまいを感じた。痛みは感じない。だから怒りはなかった。それよりも悲しかった。なぜあの人は、あんなことをするのか。そしてなぜ、あんなふうに笑えるのか。

乾いた笑い声を聞きながら、ぽそ、と地面に落ちる。棒でつつかれたり、転がされたり、踏まれたり……動く気力もなく、なすがままだ。興奮した声が次第につまらなそうに落ち着き、遠のいていくのをじっと待つしかない。

地面にボロぞうきんのように倒れた自分を助けてくれる人はあまりいない。動かなければ、ただの汚いぬいぐるみだからだ。気絶から自分で気づいて、リュックからソーイングセットを出し、破れた箇所を縫う。あるいはばんそうこうや安全ピンでとりあえずとめて、また歩き出す。

しゃべり出した自分の顔を恐怖の目で見つめ、

「化け物！」

と叫ばれることも少なくない。いっしょうけんめい、刺激を与えないように気を遣って話しかけても悲鳴をあげて走って逃げてしまう。反対に追いかけ回されたり、捕らえられて汚い犬用のケージに閉じこめられたこともある。二回目の講義の時に読んだ「あとをつけられること」――これは、まだずっとかわいいことなのだと知った。本当に悪意がある時は、何の前触れもないのだ。

店で無視されることも多い。店員が誰もいなくなってしまったこともあった。仕方なく、値札より多めの金額を置いて帰ってきた。おつりをもらいたくても、どうにもできなかったから。

式場や役場、会社やレジャー施設――店だけでなく、ありとあらゆる場所でつまみ出されたことがある。ほうきで掃かれたり、デッキブラシで突かれたり。石をぶつけられたり、エアガンやボウガンで狙われることは日常茶飯事だ。火にくべられそうになったことだってある。それはその人にとって、ゴミを燃やすのと変わりはなかったのだ。

日本でまだよかった、と正明は心から思う。多分アメリカだったら、銃で撃たれているだろう。『俺たちに明日はない』という映画のラストシーンを思い出す。銃弾が雨のように降り注ぎ、主人公の二人はまるで踊り狂うあやつり人形のようだった。ぶたぶたは、その二人のような犯罪を犯さなくても、いたずら心からそんなふうに踊らなくてはならなかったかもしれない。

身体の痛みはなくても、心の痛みは無数にある。でも、ぶたぶたはそれをすぐに忘れる。なぜなら、必ず差し伸べられる手があるからだ。

小さな子供は、いつもぶたぶたに優しい。汚れたぶたぶたを家に連れて帰って洗ってくれる子や、倒れたぶたぶたが気がつくまでそばから離れなかった子、店の人が出てこなくて困っていたら代わりに買い物をしてくれた子、さっきの正明のように、雨の日、ずっと小脇に抱えて目的地に連れて行ってくれた子——。

もちろん、大人の中にも親切で優しい人はたくさんいる。バカにしたり、暴力をふるったり、怖がる人もいるけれども、優しさはその倍もらっていると思っている。ぶたぶたは、その人たちみんなに心から感謝をする。すべての人と友人になったり、お礼ができるわけではないけれども、そういう人たちが、自分ではどうにもならないことに飲み込まれて悲しんだり、絶望したりしないように、といつも願うのだ。誰にもつらいことはある。そこから逃れるのが難しい時もある。どうにもならないことなのだから。

けれど、嵐の夜に子猫を拾うように、道ばたの花を初めて美しいと思うように——ぼろぼろのぬいぐるみの命にでも目を留められれば、自分とその人の心は少しだけ救われる。

　そうぶたぶたは信じているのだ。


「日比谷さん」

　呼ばれて、はっと顔を上げる。頰にまた涙がつたっていた。あわてて袖で拭《ぬぐ》う。でも、これはさっきとは違う涙だった。

「お疲れなんですね。少しうつらうつらしてましたよ」

　——夢？　そうか。そうだよな。手に持ったままの原稿に目を落とす。内容は、夢に見たままだった。あまりにもリアルな夢を見ただけだ。

　蹴られた腹や破れた腕に目をやっても、自分のは何ともない。ぶたぶたの毛羽立った身体にはいくつ傷があるのだろう。

「ありがとうございました」

　正明は原稿をぶたぶたに返した。

「これじゃあみんな引いちゃいますよねえ。それに、やっぱり燃えるのは一番怖いので、今日出したのの方がいいと思って」

「そうですかね。こっちでもよかったと思いますけど」

それもまた本心だったが、正明は一人でこの作品が読めてよかった、と思った。教室で読んでいたら、みっともないことになっただろう。それに、こんな夢は見られなかったかもしれない。

夢の中のぶたぶた——正明が痛みを感じなかったのは、きっと夢だったからだ。本当はもっといろいろな痛みがともなうはず。人間とは違うものなのかもしれないが。

かわいらしいからって、何もかもうまくいくわけではない、と理屈で理解していても、結局何もわかっていなかった正明にとって、夢であっても少しだけぶたぶたの気持ちになれたのがうれしかった。いくつもの苦労やいやなことが重なって、彼は生きている。どれもこれも、一番怖く、そしてつらいことばかりだ。

自分には何が重なればいいのだろうか。とりあえず、一つ超えなければならないものが目の前にある。大きなものが、一つ。毎日超えなければならないものは、ぶたぶたが超え続けているように、少しずつなら何とかなるはずだ。手の届かない改札も、「化け物」と呼ばれたりすることも、今のところないのだから。

ふと、正明は磯貝のウェブ日記を思い出す。彼は、エッセイ講座を始めてからも毎日日記を更新しているが、ぶたぶたがどんな〝もの〟であるのかというのをひとこととして書いたことがなかった。それが不思議だったのだが、ようやくわかった気がする。

ネットには、見えない悪意がたくさん浮遊している。何をしていても、普通に生活していても、大きな悪意と善意にはさまれながら生きなければならない彼を、そんな得体のしれない悪意にまでさらされないよう、少しでも守ろうとしているのだ。見えない悪意があるのなら、自分は見えない善意になろうと思い、磯貝は日記にぶたぶたのことを書かない。

ぶたぶたのことをネットで検索しても、ろくなヒットがなかったと記憶している。どれだけの見えない善意に彼が守られているのか。

ぶたぶたのことを友だちだと思っている人たち、あるいはそこまで関わりがなくても彼に魅入られた人たちは、そうやって彼を守り続ける。それは、彼を信じられる自分を失いたくないと思うからかもしれない。過ぎていく時間、交わした言葉、生まれた気持ち——自分の中に息づく当たり前のものが奇跡のように光り輝いた一瞬は、なぜか彼とともにあるから。

……今まで気づかなくて、申し訳ない。


「そろそろ帰ります」

正明はそう言って、立ち上がった。

「じゃあ、わたしも」

いつの間にかぶたぶたは、長靴というか、とにかく足を覆うビニール状のものと雨合羽を着ていた。銅像の足元からぴょんと飛び降りる。

「あ、わたし、磯貝先生の講座、来期も続けることにしました」

思い出したようにぶたぶたが言う。

「え？」

そうだ。今日は最後の講義だ。

「お義母《かあ》さんは？」

「義母《はは》は帰ってきたんですけど、ヘルパーの資格を取るってはりきってましてて。けど、続けるのは義母とは関係ないですよ。わたしの趣味ですね」

ぶたぶたが正明を見上げてそう言う。首が痛いだろう。正明はまた屈み込んだ。

「日比谷さんも、いかがですか。みんなも続けるって言ってます」

俺も、見えない善意になれるんだろうか。今気づいたばかりだけれども、彼を守ることができるんだろうか。

「そうですね。二週間にいっぺんですものね。職探しの合間には来れると思います」

「今の時期だと、更新の人は優先的に申し込めるんですよ。定員いっぱいになる前に、ぜひ申し込んでくださいね」

講座の他の人とももう少し話してみよう。相談したっていいじゃないか。ぶたぶたの友だちならば、自分も打ち解けることができるかもしれない。少なくとも、彼を蹴り上げたり、あざ笑ったりするような人間ではないのだから。


ぶたぶたがジャンプして改札を通っていく後ろ姿を、正明は手を振って見送った。誰も彼にひどいことをしないようにと願う。暖かい家族の待つ家に着くまで、親切な人にしか出会わぬようにと。

誰かや何かに対してそんなふうに思うことで、人は自分の心を――命そのものを救うことを学んでいくのだ。

「さあ」

声に出してみた。誰にも聞こえないようにだけれども。そして、ポケットに突っ込んだままだったペンケースをそっとカバンにしまう。くたびれていたって、まだまだ使える。大切に使ってきたんだもの。

明日から新しい仕事を探そう。家族のために、自分のために働こう。

ほんのかけらでもいいから、誰かを守るように、自分の命を救っていこう。

あとがき

お読みいただき、ありがとうございます。

初ぶたぶたの方も、楽しみにしていた方も喜んでいただけていれば、これほどうれしいことはありません。

「あれ、前のと出版社が違う⁉」と思った方もいらっしゃるでしょう。すごく久しぶりのシリーズ復活に一番喜んでいるのは、私かもしれません。ああ、流浪の民、ぶたぶた……。昔からのファンの方なら、その波瀾万丈の背景も察していただけるかと思います。

今回、そのように書き始めるまでが大変——あ、書き始めても、いつものように大変だったですが、〆切直後にも思いもよらない出来事に襲われました。

〆切翌日の深夜に、右腰の激痛とともに目を覚まし、救急病院に駆け込んだのです。と言っても救急車には乗らなかったけど。呼ぶか呼ばないか迷った末、まだ何とか歩けるし、近所に受け入れてくれる救急病院を見つけたのでタクシーで行きました。

ところがタクシーの運転手さん、「そんな病院知らない」とか言う……。ネットで探し出したのは夫なのですが、彼も「聞いたことない」と言う。私をどこへ連れていく気⁉　タクシーで迷って時間がかかったら、私吐いてしまいます。他の乗り物は大丈夫なのに、なぜかタクシーにだけは酔うのです。

とはいえ、酔うとかいう問題ではなく腰が痛い。まともにシートに座れません。さながら伸ばされたエビという感じ。基本的に楽なポーズはありません。横になっても立っても、とにかく息をしても痛いから。これは時間がかかっても痛みで吐き気は帳消しか、と思っていると、あっさりと病院に到着。本当に近かった。たったのワンメーター。うちから歩いて十五分の距離に、いつの間にか巨大な病院が建っていたのです。知らなかったー。つい二ヶ月ほど前にオープンしたばっかりだそうですが。

当直の先生、いろいろ検査をした結果、

「尿管結石ですね」

と診断を下す。結石！　自分がまさかなるとは思いもよりませんでした。何で？　どうして？　不摂生のせい？

しかしあとで調べてみると、結石って生活習慣だけではなく、病的因子があるかどうかで決まるのだそうです。つまり、なる人はかなりの確率でなるし、ならない人はならない。だいたい日本人二十五人に一人が一生一回はなるそうだし、再発率もけっこう高い。珍しい病気じゃないのです。

でもそれって、私はそういう因子を持っていたってことで……これはけっこうショックでした。だってー、なったことのある人だったらわかるでしょうが、結石の痛みって相当なものなのですよ。人によっては文字通り七転八倒、部屋の中を転げ回るのだそうです。私はそこまでいかなかったけど。だって、何しても痛いのなら、何もしない方がまだいいもの。

なったことがなくても出産経験のある女性にはわかりやすい。陣痛、しかも難産と同程度の痛みに似ている、と言われています。私は出産経験がないので、なるほどー、と思う。覚悟ができました。石は赤ちゃんよりは小さいもんね。

けど、その覚悟は痛みがなくなってからできたもので、病院にかつぎこまれた直後は、「この痛みをどうにかして」としか思えませんでした。問診票すらちゃんと書けない。

とにかく、痛み止めの処置をしてもらいました。点滴に入れた鎮痛剤に座薬、飲み薬も飲んで、ベッドに横たわること約一時間。ようやく痛みが取れてきました。激痛に目が覚めてから、三時間後……。点滴が終わる頃には、すっかり夜が明けておりました。

「あとで泌尿器科の診察を受けてくださいね」

と先生に言われて、薬をもらって、歩いて帰りました。痛みがなくなると、まったく何ともない。夢だったのってくらい。

前日は〆切前の徹夜だったし、結局二日間ほとんど眠れなかったので、家に帰るとすぐに昼寝をしました。でも、また痛みがぶり返す可能性もあるので、ちょっとびくびくしながら。

けど結石って出るまで痛いというけど、最近は薬で溶かすらしいじゃない？　と思っていたのですが、とんでもない。無知でした。自然に出すのが基本的な治療法なのです。大きくならないようにする薬は飲みますが、あとは水分をたくさん摂って、適度な運動をして、トイレに行って、出てくるのを待つ。大きく育ってしまったり長い間出ない場合は、体外衝撃波で破砕するか、手術です。

痛いのもいやだけど、手術もいやだあ……。ということで、起きている間中、水を飲みまくり。ちょっと前からたくさん水を飲むのって流行ってますよね？　ハリウッド女優やスーパーモデルが一日二リットルのミネラルウォーターを飲んでいるということで。

「ただ水飲むだけじゃん、できるできる」

と思って挫折したばかりだったのですが、結石怖さにすっかり習慣化いたしました。ミネラルウォーターじゃなくて、水道水ですけど（うち、浄水器だけは贅沢している）。お茶なども飲み過ぎると結石になりやすいらしいので、ひたすら水ばかりをごばごば飲んでいる毎日です。あと、トイレも我慢してはいけません。

そういえば〆切までの間、東京はずっと暑かった。私の仕事場にはエアコンがありません。いや、それは元々冷房が苦手なのでいいのですが、汗をかく割に水分をあまり摂っていなかった。というか、根を詰めて書いていると飲むのを忘れてしまうのですね。おまけにトイレもそんな感じで、「一段落したら」「ここまで書いたら」と思って、けっこうぎりぎりまで我慢していたのです。それがいけなかったのか。

で、どうなったかというと……翌日の診察でまたいろいろ検査をした結果、

「もう出たみたいですね」

えっ。全然わかんなかったんですけど⁉

「レントゲンにも写らないくらい小さいものだったみたいだし、女の人はわからないで出てしまうことが多いんですよ」

とお医者さんに言われて拍子抜け……。あんなに大騒ぎをしたわりにはあっけない結末――い、いえ、結局痛みもぶり返さず出てしまったのはめでたいことなのですが……。

あとは再発しないことを祈るのみ。こうして産みの苦しみを二日にわたって味わって、この作品はできました。結石は関係ないか。わからないうちに出てしまったし。あ、けど〆切当日に痛み出してたら、今こうやってあとがきなんか書けていなかったかもしれません。石よ、一日我慢してくれてありがとう。

私のことはさておき、みなさんがまたぶたぶたに会いたくなってくださったらうれしいです。

この作品が初めてのぶたぶた、という方は、ぜひ『ぶたぶた』『刑事ぶたぶた』『ぶたぶたの休日』『クリスマスのぶたぶた』（いずれも徳間書店刊）も手に取っていただけたらうれしいです。上記のものは、すべてマンガ版があります。宙《おおぞら》出版から安武わたるさんの作画で出版されています（安武さん、それから担当の谷口ちかさん、ありがとうございましたー）。

最後になりましたが、いろいろ尽力してくださった西澤保彦さん、光文社の藤野哲雄さんと鈴木一人さん、中西如さん、愚痴を聞いてくれた小田さんを始めとする友人たち、夜中に病院へ連れて行ってくれた夫、それから、ネットなどで宣伝やキャンペーンをしてくださったたくさんのファンの方々に感謝を捧げます。みなさんの応援なくしてこの本は出せませんでした。

感想を、私のサイトの掲示板やメールなどに寄せていただくと幸せです。

それでは、また。

二〇〇四年夏

矢崎存美

光文社文庫

文庫書下ろし
ぶたぶた日記《ダイアリー》
著者　矢《や》崎《ざき》存《あり》美《み》

2004年8月20日　初版1刷発行
2009年9月5日　2刷発行

発行者　駒井稔
印刷　慶昌堂印刷
製本　明泉堂製本

発行所　株式会社 光文社
〒112-8011　東京都文京区音羽1-16-6
電話　(03)5395-8149　編集部
8113　書籍販売部
8125　業務部
振替　00160-3-115347

落丁本・乱丁本は業務部にご連絡くだされば、お取替えいたします。
ISBN978-4-334-73729-0　Printed in Japan

お願い　光文社文庫をお読みになって、いかがでございましたか。「読後の感想」を編集部あてに、ぜひお送りください。

このほか光文社文庫では、どんな本をお読みになりましたか。これから、どういう本をご希望ですか。

どの本も、誤植がないようつとめていますが、もしお気づきの点がございましたら、お教えください。ご職業、ご年齢などもお書きそえいただければ幸いです。当社の規定により本来の目的以外に使用せず、大切に扱わせていただきます。

光文社文庫編集部

あさのあつこ　弥《み》勒《ろく》の月
明野照葉　赤道
明野照葉　女神
明野照葉　降《こう》臨《りん》
明野照葉　さえずる舌
有吉玉青　ねむい幸福
有吉玉青　月とシャンパン
井上荒野　グラジオラスの耳
井上荒野　もう切るわ
井上荒野　ヌルイコイ
上田早夕里　美月の残香
上田早夕里　魚《うお》舟《ぶね》・獣《けもの》舟《ぶね》
江國香織　思いわずらうことなく愉しく生きよ
江國香織選　ただならぬ午睡

恩田陸　劫《こう》尽《じん》童《どう》女《じょ》
角田光代　トリップ
桐生典子　抱擁
小池昌代　屋上への誘惑
小池真理子　殺意の爪
小池真理子　プワゾンの匂う女
小池真理子　うわさ
小池真理子　レモン・インセスト
小池真理子 藤田宜永選　甘やかな祝祭
近藤史恵　青葉の頃は終わった
近藤史恵　巴之丞鹿の子　猿若町捕物帳
近藤史恵　にわか大根　猿若町捕物帳
篠田節子　ブルー・ハネムーン
篠田節子　逃避行

篠田真由美 すべてのものをひとつの夜が待つ
柴田よしき 猫と魚、あたしと恋
柴田よしき 風精《ゼフィルス》の棲む場所
柴田よしき 星の海を君と泳ごう
柴田よしき 時の鐘を君と鳴らそう
柴田よしき 宙《そら》の詩《うた》を君と謳おう
柴田よしき 猫は密室でジャンプする
柴田よしき 猫は聖夜に推理する
柴田よしき 猫はこたつで丸くなる
柴田よしき 猫は引っ越しで顔あらう
菅 浩江 プレシャス・ライアー
瀬戸内寂聴 孤独を生きる
瀬戸内寂聴 寂聴ほとけ径《みち》 私の好きな寺①
瀬戸内寂聴 寂聴ほとけ径《みち》 私の好きな寺②
瀬戸内寂聴 青山俊董 幸せは急がないで

瀬戸内寂聴 日野原重明 いのち、生ききる
曽野綾子 魂の自由人
曽野綾子 中年以後
大道珠貴 素敵
平 安寿子 パートタイム・パートナー
平 安寿子 愛の保存法
高野裕美子 サイレント・ナイト
高野裕美子 キメラの繭《まゆ》
堂垣園江 グッピー・クッキー
永井 愛 中年まっさかり
永井するみ ボランティア・スピリット
永井するみ 天使などいない
永井するみ 唇のあとに続くすべてのこと
永井するみ 俯《うつむ》いていたつもりはない
仁木悦子 聖い夜の中で 新装版

永井路子　戦国おんな絵巻
永井路子　万葉恋歌
長野まゆみ　耳《みみ》猫《ねこ》風信社
長野まゆみ　月の船でゆく
長野まゆみ　海猫宿舎
長野まゆみ　東京少年
新津きよみ　イヴの原罪
新津きよみ　そばにいさせて
新津きよみ　彼女たちの事情
新津きよみ　ただ雪のように
新津きよみ　氷の靴を履く女
新津きよみ　彼女の深い眠り
新津きよみ　彼女が恐怖をつれてくる
新津きよみ　信じていたのに
新津きよみ　悪女の秘密

新津きよみ　星の見える家
乃南アサ　紫蘭の花嫁
林真理子　天鵞絨《びろうど》物語
藤野千夜　ベジタブルハイツ物語
前川麻子　鞄屋の娘
前川麻子　晩夏の蟬《せみ》
前川麻子　パレット
前川麻子　これを読んだら連絡をください
松尾由美　銀杏《いちょう》坂
松尾由美　スパイク
松尾由美　いつもの道、ちがう角
松尾由美　ハートブレイク・レストラン
三浦綾子　新約聖書入門
三浦綾子　旧約聖書入門
三浦しをん　極め道